아바타

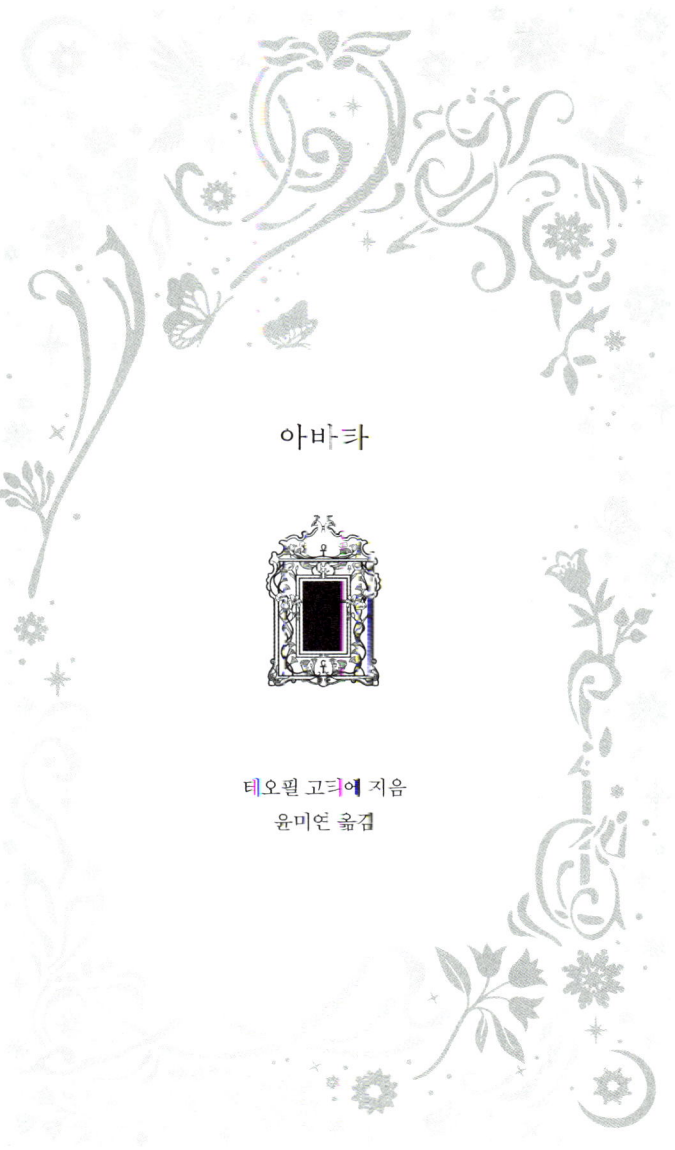

아바타

테오필 고티에 지음
윤미연 옮김

작가 소개

✦

테오필 고티에(1811~1872)는 19세기 프랑스 문단에서 활약한 시인이자 소설가, 문예 평론가로 '예술을 위한 예술 l'art pour l'art'을 주장한 인물이다. 타르브에서 태어나 어린 시절 파리로 이주했으며, 샤를마뉴 중학교에서 제라르 드 네르발과 교유하며 문학적 기반을 다졌다. 처음에는 화가를 지망했으나 빅토르 위고를 중심으로 한 낭만주의 문단과의 교류를 계기로 창작에 전념했다.

1830년대 초 시와 환상 단편으로 문단에 등장했고, 장시 〈알베르튀스〉와 장편소설 《마드무아

젤 드 모팽》의 서문에서 순수미의 자율성을 주장해 큰 논쟁을 불러일으켰다. 시집《에나멜과 카메오》는 그의 유미주의 시학을 대표하는 작품으로 평가된다. 특히 그는 〈커피 주전자〉, 〈죽은 연인〉, 〈아리아 ㅁ-르첼르〉, 〈아바타〉 등 환상적 중단편에서 현실과- 초자연이 교차하는 독특한 분위기와 정교한 묘사를 보여 주며 프랑스 환상 문학의 중요한 지보를 형성했다.

　그는 잡지와 신문어 연극·미술 비평을 장기간 연재하며 경향력 있는 저널리스트로도 활동했

고, 발레극 〈지젤〉을 쥘 앙리 베르누아 드 생조르
주와 공동 집필했다. 정교하고 회화적인 문체로
파르나스파와 샤를 보들레르 등 후대 시인들에
게 큰 영향을 남겼으며, 1872년 뇌이에서 사망
하였다.

차례

✦

일러두기

- 이 책의 맞춤법은 '한글 맞춤법'의 허용 기준을 따르는 것을 원칙으로 하였다.
- 모든 주석은 옮긴이 주다.
- 각주는 기호, 미주는 번호로 표기하였다.

아바타

I

옥타브 드 사빌은 서서히 기력을 잃어가고 있었지만, 아무도 그 이유를 알 수 없었다. 그는 자리에 몸져눕지도 않았고, 그의 입에서는 신음 한마디 새어 나오는 법이 없었다. 그는 평소와 다름없이 생활했지만, 점점 눈에 띄게 야위어갔다. 걱정이 된 그의 부모와 친구들이 그를 억지로 이런저런 의사들에게 데려가 진찰을 받게 했다. 하지만 그는 의사들 앞에서 특별히 아픈 곳이 없다고 말했고, 의사들 역시 그의 몸에서 이상 징후나 증세를 찾아내지 못했다. 그의 가슴을 청진해보면 정상적인 소리가 들렸고, 심장에 귀를 바싹 갖다 대야만 너무 느리거나 너무 빠른 심장 박동이 미세하게 들릴 뿐이었다. 그는 기침도 하지 않았고 열도 없었지만, 그의 생명은 테렌티우스*

---

* 고대 로마 시대의 희극작가이자 시인.

의 말마따나 인간의 몸에 있는 보이지 않는 수많은 틈** 중 하나로 빠져 달아나고 있었다. 그는 때때로 이유도 없이 정신을 잃곤 했는데, 그럴 때면 그의 온몸은 대리석처럼 창백하고 싸늘해졌다. 그렇게 일, 이 분 정도 죽은 것처럼 굳어 있던 옥타브는 마치 어떤 신비한 손에 잠시 잡혀 있던 시계추가 풀려나면서 다시 움직이기 시작하는 것처럼, 꿈에서 깨어난 표정으로 정신을 되찾았다. 온천으로 요양을 보내보았지만, 온천의 요정들조차 그에게는 아무런 도움을 주지 못했다. 나폴리로 여행을 보나 보다도 별다른 효과가 없었다. 사람들이 그토록 칭송하는 그곳의 아름다운 태양도 그에게는 알트레히트 뒤러'의 판화 속 태양처럼 검게 보일 뿐이었다. '멜랑콜리아'라는 글자가 쓰인 현수막을 펼쳐 든 박쥐가 날개 막을

** 테렌티우스의 작품 중 〈자신을 벌하는 사람〉에 나오는 대사로, 인간의 내적인 결합이나 모순적인 부분 즉 인간 본성의 약점이나 허점을 의미한다.

퍼덕여 나폴리의 반짝이는 푸른 하늘을 먼지로 뒤덮으며 빛과 옥타브 사이를 날아다녔다. 햇볕에 타서 청동빛으로 빛나는 상반신을 드러낸 라자로니*들이 오가는 메르젤리나** 부두에서도, 그는 몸이 얼어붙는 듯한 추위를 느꼈다.

그래서 그는 생 라자르 거리의 작은 거처로 되돌아왔고, 겉보기에는 예전의 일상을 되찾은 것처럼 보였다.

그 집의 실내는 혼자 사는 남자가 편안하게 생활할 수 있을 만큼 모든 것이 잘 갖추어져 있었다. 하지만 집은 그곳에 사는 사람의 외모, 더 나아가 그의 정신까지 닮게 마련인지라, 옥타브의 거처도 조금씩 우울하게 변해가고 있었다. 다마스크*** 커튼은 색이 다 바래고 해져, 우중충한 잿

빛을 띤 햇빛이 스며들었다. 커다란 작약 꽃다발들이 누리끼리해진 카펫 바닥 위에서 시들어가고 있었고, 유명 화가들이 그린 몇 점의 수채화와 스케치를 두르고 있는 금빛 액자 테두리는 케케묵은 먼지를 뒤집어쓴 채 서서히 붉은빛을 띠어가고 있었다. 벽난로의 불은 기운을 잃고 꺼져가며 재 속에서 연기를 피워 올렸다. 앙드레 불****이 구리에 초록색 자개를 상감해 만든 오래된 괘종시계는 아주 약하게 똑딱거렸고, 느릿느릿 흘러가는 시간을 알리는 종소리는 마치 환자와 방 안에서 조심하며 소곤소곤 말하듯이 나지막하게 울려 퍼졌다. 문들은 소리 없이 닫혔고, 어쩌다 찾아오는 방문객들의 발소리는 카펫 위에서 묻혔다. 유행하는 장식품은 무엇 하나 빠지거나 뒤처진 것이 없는데도, 그 음울하고 싸늘하고 어두운 방 안으로 들어설 때면 웃음기가 저절

**** 17세기 프랑스 최고의 가구 장인 중 한 명.

로 사그라졌다.

옥타브의 하인 장이 먼지떨이를 겨드랑이에 끼고 쟁반을 손으로 받쳐 든 채 마치 그림자처럼 방 안으로 스르륵 들어왔다. 원래 수다스럽던 그도 그곳의 우울한 분위기에 자기도 모르게 물들어 결국 말이 없어진 것이다. 벽에는 권투 장갑, 펜싱 마스크와 검이 자랑스럽게 걸려 있었지만, 오래전부터 그것들에 사람의 손길이 닿지 않았다는 것을 쉽게 알 수 있었다. 아무렇게나 집어 들었다가 내던진 책들이 여기저기 가구들 위에 흩어져 있었는데, 아마도 옥타브는 아무리 애를 써도 떨쳐낼 수 없는 어떤 생각을 그런 기계적인 독서로 잠재우려 했던 것 같았다. 쓰다 만 편지는 종이가 누렇게 바랜 채 몇 달째 완성되기를 기다리고 있는 듯, 책상 한가운데 소리 없는 비난처럼 펼쳐져 있었다. 그 집은 분명히 사람이 살고 있는데도 아무도 살지 않는 곳 같았다. 사람의 온기가 전혀 느껴지지 않았고, 안으로 들어설 때면 지하 무덤에 들어서는 것처럼 서늘한 기운이 얼굴을 때렸다.

　단 한 번도 젊은 여자의 발끝이 문턱을 넘어본 적이 없는 그 음침한 집 안에서, 옥타브는 세상 어느 곳보다 편안함을 느꼈다. 그렇게 조용하고 우울하고 버려진 것 같은 분위기가 그에게는 잘 맞았다. 삶의 즐거운 소란은 그를 겁먹게 했다. 가끔은 그 손에 섞이려 애쓰기도 했지만, 친구들에게 끌려간 가면무도회나 파티, 사교 모임 같은 곳에서는 마음이 더한층 침울해질 뿐이었다. 이제 그는 이 원인 모를 고통과 더는 맞서 싸우려 하지 않고, 내일을 기대하지 않는 사람처럼 하루하루를 무심하게 흘려보냈다. 더 이상 미래를 믿지 않게 된 그에게는 그 어떤 꿈도 희망도 없었다. 그는 삶을 포기하겠다는 의사를 밝힌 사직서를 신에게 토낸 후 그 사직서가 수리되기만을 조용히 기다리고 있었다. 그렇지만 퀭하게 꺼진 눈과 살가죽만 남은 얼굴, 흙빛 같은 안색, 축

늘어진 팔과 다리, 폐인이나 다름없는 그런 처참한 몰골을 상상한다면, 그건 큰 오산이다. 기껏해야 눈꺼풀 아래 드리운 거무스레한 눈 그늘, 눈주위에 살짝 감도는 주황빛, 핏기 없는 관자놀이에 도드라진 푸르스름한 혈관이 눈에 띄는 정도였고, 단지 의지와 희망, 욕망이 모두 사라져 버린 그의 눈에 영혼의 불꽃이 보이지 않을 뿐이었다. 그 젊은 얼굴에 그렇게 죽어있는 눈빛은 기이한 대비를 이루고 있었다. 그리고 그 눈빛 때문에 그의 인상은 병에 걸려 눈이 벌겋게 달아오르고 뼈가 앙상한 얼굴보다 더 참혹하고 고통스러워 보였다.

이렇게 쇠약해지기 전, 옥타브는 사람들이 말하는 '꽃미남'이었고, 지금도 그의 미모는 여전했다. 물결치듯 구불거리는 풍성한 까만 머리칼은 윤기가 흐르는 비단처럼 양쪽 관자놀이를 따라 흘러내렸고, 살짝 말려 올라간 긴 속눈썹과 길고 부드러운 눈매, 거기에 짙푸른 눈동자가 때때로 촉촉하게 반짝이곤 했다. 쉬고 있을 때나 눈에 어떤 열정도 담고 있지 않을 때면, 그 눈은 스미르나나 콘스탄티노플의 카페 창가에서 물담배를 피운 뒤 나른하고 기분 좋은 상태에 빠져든 동양인의 눈처럼 그윽한 평온함이 서려있어 사람들의 눈길을 끌었다. 그의 안색은 평소에도 생기 있는 편이 아니었고, 햇빛을 받아야만 진가가 드러나는 지중해 남부 사람 특유의 자연스러운 올리브 빛이 도는 흰색이었다. 손은 가늘고 섬세했으며, 발은 폭이 좁고 아치가 높았다.

그는 유행에 앞서지도 뒤처지지도 않으면서 항상 옷을 맵시 있게 차려입었고, 자신의 타고난 장점들을 것지게 살릴 줄 알았다. 스스로 댄디*나 젠틀맨 라이더**인 척하는 법이 없었지만, 조키

---

* 패션과 세련된 스타일을 통해 자신을 예술적으로 표현하는 남자. 19세기 프랑스에서 '댄디'는 단순한 외모를 넘어 예술적 감각, 정신적 귀족주의, 사회에 대한 저항을 표현하는 인물로 파리 문학 및 예술계의 주요 상징.
** 승마가 취미이며 품격, 우아함, 운동능력을 과시하던 상류층 사교계 인사들.

클럽*에 나타나도 거절당하지 않을 정도였다.

젊고 잘생기고 부유하며, 행복의 조건을 모두 갖춘 젊은이가 왜 이토록 비참하게 허물어지고 있는 걸까? 당신은 이렇게 생각할지도 모른다. 옥타브는 원래 염세적인 데다 그즈음 유행하던 소설들이 불건전한 생각들로 그의 뇌를 망가뜨려, 그가 모든 것을 불신하며 자신의 젊음과 재산을 방탕한 생활로 탕진한 끝에 결국 빚만 남게 된 거라고. 하지만 그런 추측들은 사실과 거리가 멀어도 한참 멀다. 옥타브는 쾌락을 누려본 적이 거의 없었기 때문에 그런 것들에 환멸을 느낄 수가 없었다. 더욱이 그는 염세적이지도 않았고, 공상을 즐기지도 않았으며, 무신론자도 방탕아도 아니었고, 돈을 물 쓰듯 써대지도 않았다. 지금까지 그는 다른 젊은이들과 마찬가지로 공부와 가

---

* 1834년 파리에서 설립된 사교 클럽. 귀족 남성만 가입할 수 있었으며, 프랑스 상류층의 정점을 상징했다. 또한 이 클럽은 돈 많고 세련되고 냉소적이며 여성을 유혹하는 데 능숙한 상류층 플레이보이 집단의 대명사가 되기도 했다.

벼운 오락거리를 오가는 단조로운 생활을 해왔
다. 아침에는 소르본 대학교 강의실에 앉아있었
고, 저녁에는 오페라 극장 계단에 서서 폭포수처
럼 줄지어 지나가는 화려한 옷차림의 행렬을 구
경하곤 했다. 그는 매춘부나 귀부인과 사귀지도
않았고, 그의 공증인이 평가한 대로 자본금을 축
내지 않고 투자금에서 나오는 수입만으로도 충
분히 잘 살아갈 수 있었다. 그러니까 그는 만프
레드의 빙하**로 뛰어들거나 에스쿠스의 화로***
를 켤 만큼 위험하고 극단적인 행동을 할 인물이
아니었다는 얘기다. 그가 처한 이상한 상태, 즉
현재의 의학 지식으로는 설명할 수 없는 그 상태

**   바이런의 낭만주의 희곡 〈만프레드〉의 주인공. 죄책감과
       절망에 시달리며 극한의 상황 속에서 자연에 맞서 고뇌하
       는 인물. 이 작품에서 만프레드가 빙하 위에서 혼자 고뇌하
       거나 위험에 맞서는 극적 장면이 나온다.
***   빅토르 에스쿠스(1813~1832): 1813년 파리 출생의 젊은 프
       랑스 극작가이자 시인. 친구와 공동으로 창작한 작품이 실
       패한 뒤 깊은 절망에 빠졌고, 1832년 난로를 켠 채 자살했
       다. 이 사건은 '에스쿠스의 난로'라는 표현으로 남아, 예술
       적 좌절이 낳은 극단적 선택과 비극적 절망을 상징하는 메
       타포로 쓰인다.

의 원인에 관해서는, 19세기 파리에서는 너무 믿기 어려운 것이라 감히 밝힐 수가 없다. 그러므로 그 이야기는 우리의 주인공이 직접 털어놓도록 남겨두기로 하자.

평범한 의사들은 이 이상한 병에 관해 아는 바가 전혀 없었다. 해부학 강의실에서는 아직 영혼을 해부한 적이 없었기 때문이다. 결국 마지막 수단으로, 오랜 세월 인도에서 지내다 돌아온 어떤 특이한 의사에게 도움을 청하게 되었는데, 그는 마치 기적을 일으키는 것처럼 환자를 치료한다고 소문이 나있었다.

옥타브는 그 의사가 자신의 비밀을 꿰뚫어 볼만큼 뛰어난 통찰력을 가진 사람임을 직감하고는, 그 의사가 오는 것을 몹시 꺼리는 것 같았다. 하지만 계속되는 어머니의 성화에 못 이겨, 결국 발타자르 셰르보노 씨를 만나보기로 했다.

의사가 집 안으로 들어왔을 때, 옥타브는 긴 소파에 반쯤 누워있었다. 쿠션 하나는 머리에 받치고, 다른 하나는 팔꿈치에 괴고, 나머지 하나는 발을 덮고 있었다. 그는 부드럽고 포근한 간두라[*]의 풍성한 주름에 휘감긴 채 책을 읽고 있었다. 아니, 책을 그냥 들고 있었다는 편이 더 정확했다. 그의 눈길은 어떤 한 페이지에 고정되어 있었지만 실제로는 아무것도 보고 있지 않았다. 얼굴은 창백했으나, 앞서 말했듯이 뚜렷한 병변이나 징후는 보이지 않았다. 겉으로만 봐서는 그 젊은이가 심각한 병에 걸렸다고는 전혀 생각할 수 없을 것 같았다. 으레 약병이나 혼합액, 물약, 차 같은 것들이 놓여있어야 할 작은 테이블에는 그런 것들 대신 시가 상자 하나가 놓여있었다. 약간 피곤해 보이긴 했지만 여전히 맑고 깨끗한 그의 얼굴은 아름다움을 거의 그대로 간직하고 있었다. 단지 눈에 드러난 깊은 무기력과 치유할 수 없는 절망감을 제외하면, 옥타브의 건강 상태

---

[*]　북아프리카의 남성용 전통 의상으로, 발목까지 내려오는 헐렁하고 통 넓은 옷.

는 정상인과 다를 게 없어 보였다.

　아무리 모든 것에 무심한 옥타브라도, 의사의 기괴한 모습에 충격을 받지 않을 수 없었다. 발타자르 셰르보노 씨는 마치 호프만*의 환상 동화에서 불쑥 튀어나와, 시시하고 밋밋한 현실 세계에 놀라 넋 나간 얼굴로 서성이는 인물 같아 보였다. 머리카락이 거의 다 빠져 훨씬 더 커 보이는 거대한 두상이 새카맣게 그을린 그의 얼굴을 집어삼킨 것 같았다. 상아처럼 반들거리는 그 민머리는 모자를 쓰고 다녔던 덕분에 아직 흰 피부로 남아 있었지만, 햇볕에 노출되었던 얼굴은 수없이 그을리고 또 그을린 탓에 오래 묵은 참나무나 세월이 흐르면서 탁해진 초상화 같은 색조로 변해 있었다. 두개골의 평평한 부분과 움푹 들어간 부분, 그리고 돌출된 부분들이 아주 또렷하게

---

*　에른스트 호프만(1776~1822): 19세기 독일 낭만주의를 대표하는 소설가이자 작곡가로 기괴하고 환상적인 단편 소설로 유명하며, 하이네, 도스토옙스키, 보들레르, 발자크, 그리고 특히 고티에에게 지대한 영향을 미쳤다.

드러나 있었고, 뼈를 덮고 있는 얇디얇은 살가죽은 마치 쪼글쪼글하게 주름진 가죽을 물에 적셔 해골 위에 씌워놓은 것 같은 형상이었다. 뒤통수에 아직 남아있는 얼마 되지 않는 희끗희끗한 머리카락이 가느다랗게 세 가닥으로 나뉘어 뭉쳐져 있었는데, 그중 두 가닥은 양쪽 귀 위로 솟아 있었고, 나머지 한 가닥은 목덜미에서 시작해 정수리에서 끝나고 있었다. 이는 옛날 망치 모양 가발[2]이나 억센 잡초처럼 뻣뻣한 스타일의 가발을 너도나도 쓰고 다니던 시절을 떠올리게 하면서, 호두까기 인형 같은 그 괴상한 얼굴을 더욱 우스꽝스럽게 만들어주고 있었다. 그러나 무엇보다 압도적으로 시선을 사로잡은 것은 그 의사의 눈이었다. 세월에 무두질이 되고, 뜨거운 태양에 그을리고, 오랜 공부에 지친 얼굴, 학문과 삶의 피로가 깊은 주름들을 새겨놓은 그 얼굴, 햇살처럼 퍼져나간 까마귀 발 주름, 두툼한 책의 페이지보다 더 촘촘한 주름살을 새겨놓은 그 얼굴 한가운데에서, 믿기 힘들 만큼 투명하고 생기 넘치는, 터키석처럼 파란 젊은 눈동자가 반짝이고 있었다. 그 파란 별들은 거무스레한 눈자위와 동심원을 그리는 망막 깊숙이에서 빛나고 있었다. 그리고 그 황갈색 동심원들은 한밤에 부엉이의 눈 주위에 방사형으로 퍼져있는 깃털을 떠올리게 했다. 마치 그 의사가 어떤 브라만이나 판디트*에게서 배운 마법으로 아이들의 눈을 훔쳐 자신의 시체 같은 얼굴에 끼워 넣은 것 같았다. 노인의 눈빛은 스무 살처럼 보였고, 청년의 눈빛은 예순 살처럼 보였다.

옷은 전형적인 의사처럼 입고 있었다. 검은색 모직 코트와 바지, 같은 색상의 실크 조끼, 그리고 셔츠 위에는 인도의 왕족이나 귀족에게서 선사받았을 것 같은 큼지막한 다이아몬드가 달려

---

* 학자나 현자를 일컫는 산스크리트어. 브라만 계급 출신이면서 학식이 깊은 사람. 신비로운 기술이나 지식을 가르치는 스승.

있었다. 하지만 그 옷들은 마치 옷걸이에 걸려 있는 것처럼 헐렁거렸고, 의사가 앉았을 때는 뼈만 남다시피 한 허벅지와 정강이가 날카로운 각도로 꺾이면서 옷에 수직 주름들이 생겨났다. 인도의 작열하는 태양만으로는 그처럼 경이로울 정도로 깡마를 수는 없었다. 아마도 발타자르 셰르보노는 어떤 수련을 목적으로 고행승처럼 오랜 기간 금식하고, 네 거의 뜨거운 화로 사이에서 요기**들과 함께 가질 가죽 위에서 그들과 같은 자세로 꼼짝도 하지 않고 앉아 있었을 것이다. 하지만 그런 육체적 고행에도 불구하고, 그의 기력은 전혀 약해 보이지 않았다. 손등의 인대들이 살이 없는 손가락뼈들을 바이올린 지판 위의 줄처럼 서로 단단하고 팽팽하게 붙잡아 주면서 손가락을 유연하게 움직이게 해주었다.

의사는 긴 소파 옆, 옥타브가 손으로 가리킨

** 인도와 힌두교 문화에서 사용되는 용어로, 정신적, 육체적 수행을 통해 자신을 수련하는 사람.

의자에 앉았다. 그는 돗자리 위에 쪼그리고 앉는 것이 몸에 밴 듯, 의자 위에 쪼그리고 앉아 양쪽 팔꿈치를 마치 접이식 자처럼 접어 무릎 위에 올려놓았다. 셰르보노 씨는 그런 자세로 빛을 등지고 있었다. 빛은 환자의 얼굴을 정면으로 비추고 있었는데, 이는 환자를 진찰하기에 유리한 위치였다. 관찰자들은 상대방에게 보여지기보다는 상대방을 보는 것에 더 관심이 많기 때문에 흔히 이런 배치를 이용한다. 의사의 얼굴은 어둠에 잠겨 있고 거대한 타조알처럼 둥글고 반들거리는 그의 두상만이 햇살을 받고 있었지만, 옥타브는 마치 발광체처럼 스스로 빛을 내는 듯한 그 기묘한 파란 눈동자들의 반짝임을 알아볼 수 있었다. 그 눈에서 날카롭고 선명한 한 줄기 광선이 뿜어져 나왔고, 젊은 환자는 가슴 한복판에 그 빛을 그대로 받으면서 마치 구토를 유발하는 약물을 삼킨 것처럼 가슴이 따끔거리고 뜨거워지는 것을 느꼈다.

"음,"

의사는 빠르게 진찰해 얻은 단서들을 머릿속으로 정리하는 듯 잠시 침묵한 뒤 입을 열었다.

"보아하니, 당신은 흔한 병리학적 질환과는 아무런 관련이 없군요. 의사가 고치거나 악화시키기도 하는, 증상이 뚜렷해 병명을 알 수 있는 그런 병들 중 어떤 병에도 해당하지 않습니다. 그리고 내가 몇 분 더 이야기를 나눠본다 해도, 당신에게 종이를 달라고 해서 거기에 코덱스*에 실린 평범한 처방을 몇 줄 적고, 종이 아래쪽에 고대이집트의 상형 문자처럼 알아보기 힘든 글자를 휘갈겨 쓴 뒤 당신의 하인을 시켜 그 종이를 모퉁이 약국에 가져가게 하는 일은 없을 것 같군요."

옥타브는 쓸데없고 지겨운 치료를 면하게 해준 셰르보노 씨에게 감사라도 하듯 힘없이 미소

---

* 의사가 처방전을 쓸 때 참고하는 공식 약물 목록 또는 처방 기준서. 19~20세기 초 프랑스에서는 국가가 공인한 약전을 가리키는 말로 흔히 사용되었다.

를 지었다.

"그렇지만,"

의사가 말을 이었다.

"너무 섣불리 기뻐하지는 마십시오. 심장 비대
도 없고, 폐에 결핵결절도 없고, 척수연화증도 없
고, 뇌에 부종이 있는 것도 아니며, 장티푸스나
신경성 발열도 없다고 해서, 곧바로 건강하다고
단정 지을 수는 없습니다. 손을 좀 볼까요?"

셰르보노 씨가 맥을 짚기 위해 곧 초침 달린
시계를 꺼낼 거라고 생각한 옥타브는 헐렁한 간
두라의 소매를 걷어 올려 손목을 드러내고 기계
적으로 의사에게 내밀었다. 셰르보노 씨는 인간
의 생체 시계가 고장 났는지 어떤지를 알려주는
빠르거나 느린 맥박을 손목에서 엄지로 짚어내
려 하는 대신, 정맥이 드러난 가냘프고 축축한
젊은 남자의 손을 게의 집게발처럼 생긴 갈색 손
으로 잡았다. 그러고는 그 손을 더듬고, 반죽하듯
주무르고, 어떻게 보면 마치 전기를 일으켜 환자

와 교감하려는 것처럼 둔질러댔다. 옥타브는 의학에 회의적이었지만, 그 의사가 그런 압박과 자극을 통해 자신의 영혼을 끌어내는 것 같아 일말의 불안감을 느끼지 않을 수 없었고, 그래서 뺨에 핏기가 완전히 가셨다.

"옥타브 씨,"

의사가 젊은이의 손을 놓으며 말했다.

"당신의 상태는 당신이 생각하는 것보다 훨씬 심각합니다. 그리고 적어도 유럽의 낡은 관행에 의존하고 있는 지금의 의학으로서는 아무런 해결책도 찾아낼 수 없을 겁니다. 당신은 더 이상 살고자 하는 의지가 없고, 그래서 영혼이 서서히 육체에서 빠져나가고 있습니다. 당신에게는 심기증도, 병적인 우울증도, 자살로 이르게 하는 양극성 장애도 전혀 없습니다. 확실합니다! 이건 매우 드물면서도 대단히 흥미로운 사례인데, 이대로 방치했다가는 이렇다 할 내상이나 외상도 없이 사망에 이를 수 있습니다. 더 늦기 전에 나를 만난 게 천만다행입니다. 지금 당신의 정신은 가느다란 한 가닥 끈으로 간신히 육체에 매달려 있을 뿐이니까요. 그렇지만 우리가 힘을 합해 그 가닥을 단단하게 만들어 놓읍시다."

의사는 흥미롭다는 듯 손을 비비며 미소를 지었는데, 그러자 얼굴에 수천 개의 주름이 생겨나 잔물결처럼 일렁이며 요동쳤다.

"셰르보노 씨, 당신이 나를 낫게 해줄지 어떨지 그건 모르겠지만, 나는 낫고 싶은 생각이 전혀 없습니다. 그래도 불가해한 내 상태의 원인을 단번에 꿰뚫어 보셨다는 사실만큼은 인정하지 않을 수 없군요. 마치 내 몸에 투과성이 생긴 것처럼, 체의 구멍으로 물이 빠져나가듯 내 자아가 몸 밖으로 새어 나가는 것만 같습니다. 거대한 천체 속으로 녹아드는 것 같고, 내가 녹아들어 있는 환경과 나 자신을 구분하기조차 어렵습니다. 부모님과 친구들을 슬프게 하지 않으려고 가능한 한 아무렇지 않은 듯 삶의 몸짓을 흉내 내고는 있지만, 그 삶이라는 것이 나에게서 너무도 멀리 떨어져 있는 것처럼 보여서, 때때로 내가 이미 인간의 영역에서 벗어나 버린 것 같은 생각이 듭니다. 예전에 나를 움직이게 하던 일상적인 역할이나 습관들을 여전히 따르고 있긴 하지만, 그건 돈에 밴 기계적인 충동에 따르는 것일 뿐 실제로 나는 텅 빈 껍질에 불과합니다. 평소와 같은 시간에 식탁에 앉아 먹고 마시는 것처럼 보이지만, 아무리 자극적인 음식을 먹거나 독한 술을 마셔도 맛을 전혀 느끼지 못합니다. 햇빛은 달빛처럼 희미하게 느껴지고, 촛불은 검은 불꽃을 내뿜습니다. 그리고 무더운 한여름에도 한기를 느낍니다. 때로는 심장이 더 이상 뛰지 않고, 마치 내 안에서 톱니바퀴들이 알 수 없는 원인으로 멈춰 버린 것처럼 내견에 막막한 정적이 찾아오기도 합니다. 만일 죽은 자들이 자신들의 죽음을 체감할 수 있다면, 그들이 느끼는 죽음도 아마 이 상태와 크게 다르지 않을 겁니다."

"당신은,"

의사가 말을 이었다.

"만성적인 무기력과 의지 상실 상태에 빠져 있습니다. 이건 전적으로 정신과 관련된 병인데, 사람들이 생각하는 것보다 훨씬 더 흔한 병이지요. 생각은 그 자체로 강력한 힘입니다. 그것은 청산가리나 라이덴 병*의 불꽃처럼 사람의 생명을 앗아갈 수도 있어요. 다만 그 파괴의 흔적은 일반 과학의 빈약한 분석 수단으로는 결코 포착할 수 없지요. 어떤 슬픔이 당신의 간에 갈고리 같은 부리를 깊숙이 박아넣은 겁니까? 어떤 은밀한 야망의 꼭대기에서 산산조각이 나며 가루가 되어 떨어져 내린 겁니까? 이렇게 꼼짝도 하지 않는 채로 어떤 쓰디쓴 절망을 곱씹고 있는 겁니까? 권력에 대한 갈망이 당신을 괴롭히고 있습

---

* 　1745년 네덜란드 라이덴에서 개발된 초기 축전기. 유리병 안팎에 금속 호일을 붙이고, 금속 막대와 손잡이를 연결하여 전기를 모으는 장치로, 방전 시 강력한 불꽃과 전류를 발생한다.

니까? 인간의 손ᅀ 닿을 수 없는 목표를 스스로 포기한 겁니까? 그러기엔 당신은 너무 젊습니다. 혹, 여자에게 배신당한 겁니까?”

“아닙니다, 의ᄉ· 선생님. 나는 그런 행복조차 누려보지 못했습니다.”

옥타브가 대답했다.

“그렇지만,”

발타자르 셰르크노 씨가 말을 받았다.

“나는 당신의 초점 잃은 눈동자에서, 몸에 밴 의기소침한 몸짓에서, 그리고 그 힘없는 목소리에서, 마치 모로ᄃ 가죽 양장본 표지에 금박으로 찍혀있는 글자처럼 또렷하게 당신의 상태를 말해주는 셰익스피어의 어떤 희곡 제목을 읽고 있습니다.”

“내가 무의식적ᅳ으로 너 상태를 표현하고 있는 그 작품은 무엇입니까?”

자신도 모르게 호기심이 깨어난 옥타브가 이렇게 물었다.

"〈Love's labour's lost〉[3]."

의사는 영국령 인도에서 오래 지냈다는 것이 그대로 드러나는 깔끔하고 완벽한 발음으로 대답했다.

"그러니까, 내 생각이 맞는다면, 〈사랑의 헛수고〉를 말씀하시는 건가요?"

"맞습니다."

옥타브는 아무런 대꾸도 하지 않았다. 그의 뺨에 홍조가 살짝 떠올랐다. 그는 어색함을 감추려고 허리끈의 장식 방울을 만지작거리기 시작했다. 의사는 양 무릎을 서로 포개어 앉은 다음 손으로 발을 잡고 있었는데, 그 모양새는 마치 묘비에 새겨놓은 엑스자 모양의 뼈다귀를 연상시켰다. 그의 푸른 눈은 옥타브의 눈을 똑바로 응시하며, 권위 있으면서도 부드러운 눈길로 질문을 던지고 있었다.

"자,"

발타자르 셰르보노 씨가 말했다.

"나에게 마음을 여십시오. 나는 영혼을 치료하는 의사이고, 당신은 내 환자입니다. 고해자가 가톨릭 신부에게 하듯, 나에게 모든 걸 남김없이 털어놓기를 바랍니다. 물론, 무릎까지 꿇을 필요는 없습니다."

"그렇게 한들 무슨 소용이 있겠습니까? 설령 당신이 정확히 짚어냈다고 하더라도, 내 고통을 당신에게 이야기한다고 그 고통이 덜어지는 것도 아닐 텐데요. 내 고통은 말로 떠들어서 해결될 수 있는 게 아닙니다. 그 어떤 인간의 힘으로도, 당신의 능력으로도, 나를 치유하지 못할 겁니다."

"그럴지도 모르지요."

의사는 꽤 긴 고백을 들을 준비를 하는 사람처럼 안락의자 위에서 자세를 바로잡으며 말했다.

"유치하게 고집을 부린다고 당신에게 비난받고 싶지도 않고, 침묵을 지켜서 당신이 내 죽음에 대해 책임을 견할 구실을 만들어드리고 싶지도 않습니다."

옥타브가 말을 이었다.

"그렇게까지 원하신다면 내 이야기를 들려드리겠습니다. 당신은 이미 내 고통의 본질을 짚어내셨으니, 다른 세세한 것에 대해서는 왈가왈부하지 않겠습니다. 기이하거나 소설 같은 이야기는 기대하지 마십시오. 아주 단순하고 흔하디흔한, 새로울 것이 전혀 없는 이야기이니까요. 하지만 하인리히 하이네*의 노래에 나오듯, 그런 일을 맞닥뜨린 당사자에게는 그게 언제나 새롭게 느껴지고, 마음이 산산이 부서지기 마련이지요. 사실, 가장 환상적이고 기이한 나라에서 살다 오신 분에게 이런 진부한 이야기를 들려 드리는 것이 부끄러울 따름입니다."

"전혀 걱정할 필요 없습니다. 이제 나에게는

---

* 하인리히 하이네(1797~1856): 독일 낭만주의 후기의 대표적 시인이자 산문가. 그의 시 가운데 〈젊은이는 한 소녀를 사랑하고〉의 마지막 연은 다음과 같다. "그것은 오래된 이야기지만, / 언제나 새롭다. / 그리고 그 일을 당한 사람은 / 심장이 찢어진다."

평범한 것들이 오히려 비범하게 느껴지니까요."

의사가 미소를 지으며 말했다.

"네, 그럼 시작하겠습니다. 의사 선생님, 나는 사랑 때문에 죽어가고 있습니다."

II

"1840년 여름이 거의 끝나갈 무렵, 나는 피렌체에 있었습니다. 피렌체를 만끽할 수 있는 가장 아름다운 계절이었지요. 나에게는 시간과 돈이 있었고, 유력 인사의 추천장도 있었습니다. 그 당시 나는 즐겁게 지내는 것 외에는 특별히 더 바랄 게 없는 쾌활한 젊은이였습니다. 나는 롱 아르노 강가에 위치한 숙소에 자리를 잡고, 마차를 빌려 외지인에게 너무도 매력적인 피렌체의 여유롭고 달콤한 삶을 즐겼습니다.

아침이면 교회나 궁전, 미술관을 마음 내키는 대로 느긋하게 찾아다녔습니다. 이탈리아로 여행 온 사람들이 너무 급하게 너무 많은 명작을 한꺼번에 구경하다가 얻게 되는 예술에 대한 피로감과 염증을 느끼지 않기 위해서였지요. 때로는 세례당의 청동문을 바라보기도 하고, 때로는 로지아 데이 란지*에 있는 벤베누토의 페르세우스[4], 우피치 미술관의 포트나리나 초상화, 또는 피티 궁전에서 카노바[5]의 비너스를 감상하기도 했지만, 한 번에 한 작품 이상은 절대로 보지 않았습니다. 그러고 나서는 카페 도네에서 아이스크림을 곁들인 커피 한 잔으로 점심을 대신하고, 시가를 피우며 신문을 훑어본 뒤, 카페 앞에서 커다란 밀짚모자를 쓰고 꽃을 파는 예쁜 아가씨들이 강요하다시피 단춧구멍에 꽂아주는 꽃을 꽂고 숙소로 돌아가 낮잠을 잤습니다.

그러다가 오후 세 시가 되면 마차가 와서 나를 태우고 카시네 공원으로 데려갔어요. 카시네 공원은 파리의 불로뉴 숲이 그러하듯 피렌체의 이름난 휴식 공간이지만, 차이가 있다면 이곳에서는 모두가 서로를 잘 알고 있으며, 원형 교차로가 야외 살롱 같은 역할을 하고 있다는 점입니

---

*   1382년에 피렌체의 시뇨리아 광장에 건립된 고딕 양식의 야외 조각 갤러리.

다. 그리고 거기서는 반원을 이루며 줄지어 선 마차들이 안락의자를 대신하고 있었지요. 화려하게 차려입은 여인들은 쿠션 위에 반쯤 드러누운 채 연인이나 그녀들에게 관심을 아끼지 않는 남자, 멋쟁이 신사, 외교관들을 맞이했지요. 그 남자들은 마차 발판에 서서 모자를 벗고 그녀들에게 경의를 표합니다. 물론 이 모든 건 당신도 나만큼 잘 알고 있겠지요. 그곳에서 저녁 모임에 관한 계획이 세워지고, 만날 약속이 정해지며, 답장이 오가고, 초대가 받아들여지지요. 그곳은 아름다운 나무 그늘과 세상에서 가장 부드러운 하늘 아래, 오후 세 시부터 다섯 시까지 열리는 만남의 장과 같았습니다. 사교적 지위를 유지하고 도태되지 않으려면 날마다 카시네 공원에 반드시 얼굴을 내밀어야 합니다. 나는 그곳에 빠짐없이 나갔고, 저녁 식사 후에는 몇몇 살롱을 돌거나, 여가수의 공연이 볼 만하다 싶을 때는 라 페르고라 오페라 극장을 찾기도 했습니다.

그렇게 내 인생에서 가장 행복한 한 달을 보냈습니다. 하지만 그 행복은 오래 가지 못했습니다. 어느 날 눈부시게 아름다운 마차 한 대가 카시네 공원에 처음 모습을 드러냈습니다. 비엔나 마차 제작의 정수라고 할 수 있는 명품 마차, 최고의 마차 제작 장인 로렌치가 만든 그 걸작은 눈부신 광택으로 반짝였고 거의 황실 문장 같은 화려한 문장이 장식되어 있었습니다. 하이드파크나 세인트 제임스*에서나 빅토리아 여왕의 공식 궁정 행사에서조차 한 번도 본 적이 없을 만큼 아름다운 한 쌍의 말이 그 마차를 끌고 있었고, 흰 가죽 바지와 초록색 저킷을 입은 아주 젊은 마차 수행원이 흠잡을 데 없이 우아하고 품위 있게 마차를 이끌고 있었습니다. 마구에 달린 구리 장식들, 바퀴의 중심축, 그리고 문손잡이들이 황금처럼 빛나면서, 햇빛 속에서 번쩍이는 섬광을 뿜어냈지

---

* 두 곳 모두 영국 런던의 상류층이 이용하던 사교 및 승마 장소이자 런던 최고의 마차 산책 코스이기도 했다.

요. 모든 시선이 그 화려한 마차를 따라갔습니다. 마차는 모래 위에 마치 컴퍼스로 그린 것처럼 완벽하게 균형 잡힌 곡선을 그리며, 다른 마차들 옆으로 가서 섰습니다. 당신도 짐작하셨겠지만, 그건 빈 마차가 아니었습니다. 하지만 아주 빠르게 달렸기 때문에, 앞 좌석 쿠션 위에 길게 뻗은 부츠의 끝부분, 숄의 풍성한 주름, 그리고 활짝 펼쳐진 하얀 실크 양산의 둥근 형태 정도밖에 보이지 않았습니다. 양산이 접히면서, 비할 데 없이 아름다운 여인이 눈부신 모습을 드러냈습니다. 나는 말을 타고 있어서 옆으로 꽤 가까이 다가가, 그 자체로 완벽한 예술 작품인 그 사람을 세세한 부분까지 놓치지 않고 살펴볼 수 있었습니다. 그 외국 여인은 은빛이 감도는 서늘한 청록색 드레스를 입고 있었는데, 그 색깔은 피부가 완벽하지 않은 여자가 입으면 두드러기처럼 칙칙해 보이는 색이지요. 그처럼 아름다운 금발 여인이기에 그토록 당당하게 그런 색의 드레스를 입을 수 있었던 겁니다. 같은 색으로 온통 수를 놓은 하얀색 비단 천이 마치 피디아스*의 튜닉처럼 잔잔하고 부드러운 주름을 이루며 그녀를 감싸고 있었습니다. 아주 고운 피렌체산 밀짚으로 만든 모자가 그 얼굴을 후광처럼 두르고 있었는데, 모자는 물망초와 가는 푸른 수초로 장식되어 있었습니다. 장신구라고는 양산의 상아 손잡이를 잡은 팔에 감긴 터키석이 박힌 황금 도마뱀 팔찌가 전부였습니다.

셰르보노 씨, 대선지에 실린 기사처럼 이렇게 묘사를 늘어놓는 것을 용서해 주십시오. 하지만 한 여인을 사랑하는 남자에게는 이런 세세한 기억들이 엄청난 의미를 지닙니다. 물결치는 금빛 머리 타래가 빛의 물결처럼 넘실거리며 그녀의 이마 양옆으로 풍성하게 내려와 있었는데, 그 이

---

* 기원전 5세기에 활동한 조각가로, 아테네 파르테논 신전의 아테나상과 제우스상을 제작했다. 조각에서 옷 주름과 천의 흐름을 섬세하게 표현한 것으로 유명하다.

마는 가장 높은 알프스 봉우리에 밤새 쌓인 순백의 눈보다도 희고 깨끗했습니다. 중세의 세밀화가들이 천사의 머리 주위에 후광 효과를 내기 위해 그려 넣는 금실처럼 길고 섬세한 속눈썹이, 햇빛이 특정한 각도로 빙하를 통과할 때 나타나는 빛깔처럼 파란빛과 초록빛이 섞인 그녀의 눈동자를 반쯤 가리고 있었습니다. 성스러운 그 입술은 비너스의 조개껍데기 안쪽에 감도는 선홍빛을 띠었고, 두 볼은 나이팅게일의 고백이나 나비의 입맞춤에 얼굴을 붉히는 수줍음 많은 흰 장미 같았습니다. 그 얼굴빛은 그 어떤 인간의 붓으로도 재현할 수 없을 것입니다. 그것은 너무나 부드럽고 청순하며 거의 영적인 투명함을 지니고 있어서, 우리의 몸에 퍼져있는 피가 만들어낸 색이라고는 느껴지지 않았습니다. 스페인의 시에라 네바다 산맥 정상에 드리운 여명의 붉은 기운, 흰 동백꽃 송이들의 꽃받침 끝에 스민 살빛, 분홍색 거즈 막 너머로 엿보이는 파로스의 대리석[6] 빛깔만이, 그 안색을 어렴풋이나마 상상할 수 있게 해줄 겁니다. 모자 끈과 솔의 윗부분 사이로 보이는 목덜미는 희고 고운 진주처럼 영롱하게 반짝였고, 목선 가장자리로는 오팔 같은 은은한 빛 무늬가 어른거렸습니다. 그 이목구비는 카메오*의 아게이트** 위에 부조된 고대 인물 측면상처럼 순수하고 섬세했습니다. 그렇지만 그 눈부신 얼굴은 베네치아 화파[7]의 아름다운 작품들처럼 형태가 아닌 색채로 먼저 마음을 사로잡았지요.

줄리엣을 보는 순간 로잘린을 잊어버리는 로미오처럼, 그 최상의 아름다움을 보는 순간 나는 옛사랑들을 모두 잊어버렸습니다. 내 마음의 페이지는 다시 하얀 백지가 되었고, 모든 이름과

---

* 고대 로마, 그리스 르네상스 시대에 주로 제작되던, 보석이나 조개 조각 위에 부조로 새겨진 인물이나 동물, 또는 장식 문양.

** 수정의 일종으로, 층이 겹친 도양과 반투명한 색상이 특징. 카메오 제작 재료로 많이 쓰였다.

추억이 사라져버렸습니다. 어떻게 내가 대부분의 젊은이가 쉽게 빠져드는 그런 시시한 연애 놀음에 조금이나마 마음이 끌렸었는지 도무지 이해가 가지 않았습니다. 나는 그런 관계들을 맺은 것이 마치 외도를 저지른 것처럼 느껴져 나 자신을 책망했습니다. 그리고 이 운명적인 만남으로 나에게 새로운 삶이 시작되었습니다.

마차는 그 눈부신 모습을 싣고 카시네 공원을 벗어나 시내로 가는 길로 접어들었습니다. 나는 아주 쾌활한 한 러시아 청년과 나란히 말을 몰았는데, 그는 유럽 각지를 돌아다니며 유흥과 재미를 즐기는 사람으로, 국제적인 살롱들에 얼굴이 알려진 사교계의 명사였습니다. 그런 만큼 그는 상류층 사교계 사람들을 속속들이 꿰고 있었지요. 나는 대화의 방향을 그 외국 여인 쪽으로 돌려, 그 여인이 프라스코비에 라빈스카 백작 부인이라는 사실을 알아냈습니다. 그녀는 리투아니아의 부유한 명문 귀족 집안 출신이었고, 그녀의 남편은 이미 2년째 코카서스 전쟁[8]에 참전 중이었습니다.

백작이 부재중이라 외부 인사 접견에 대해 매우 조심스러워하는 백작 부인을 만나기 위해 내가 어떤 외교적 수완을 발휘했는지 말씀드릴 필요는 없겠지요. 어쨌든 여러 가지 수단을 쓰고 노력을 기울인 끝에, 마침내 초대를 받게 되었습니다. 왕대비급 공주 두 분과 나이 든 남작 부인 네 분이 자신들의 명성과 덕망을 걸고 나를 보증해 주었습니다.

라빈스카 백작 부인은 한때 피렌체의 핵심 가문 중 하나인 살비아티 가문 소유였던 멋진 대저택을 빌렸습니다. 그녀는 피렌체에서 2킬로미터쯤 떨어진 곳에 있는 그 고풍스러운 저택 내부를 불과 며칠 만에, 원래의 웅장하고 우아한 아름다움을 전혀 해치지 않으면서도 현대적인 편의를 모두 갖추도록 탈바꿈시켰습니다. 가문의 문장이 아름답게 수놓인 커다란 장막들이 고딕

식 아치 아래 위엄 있게 드리워져 있었고, 고풍스러운 안락의자들과 가구들은 벽면의 짙은 색 나무 패널이나 오래된 태피스트리처럼 색이 바랜 프레스코 벽화와 조화를 이루었습니다. 너무 새롭거나 반짝이는 색조도 그 어느 것 하나 눈을 자극하지 않았고, 현대적인 요소가 과거의 분위기 속에 섞여 있는데도 전혀 어색하거나 튀지 않았습니다. 백작 부인은 너무도 자연스럽게 대저택의 주인 같아 보였고, 한때 궁전으로도 사용되었던 그 오래된 대저택이 마치 그녀를 위해 일부러 지어진 것처럼 느껴졌습니다.

처음에는 백작 부인의 눈부신 아름다움에 매혹되었지만, 몇 번 그녀를 만나본 뒤로는 고결하고 섬세한 품성과 해박한 지성에 더한층 마음을 사로잡히게 되었습니다. 그녀가 어떤 흥미로운 주제에 관해 말할 때면, 그녀의 영혼이 표면 위로 드러나 실제로 눈에 보이는 것 같았습니다. 그 순백색의 영혼은 마치 램프 속에서 빛나는 알라바스터*처럼 내면으로부터 환하게 빛을 발했습니다. 그 영혼의 색조에는 단테가 천국의 찬란함을 묘사할 때 말하던 것과 같은, 빛을 머금고 은은하게 깜빡이며 반짝이는 신비롭고 영롱한 빛의 떨림이 있었습니다. 그녀는 태양을 배경으로 환하게 떠오른 천사 같았습니다. 나는 그 황홀한 모습에 눈이 부시고, 넋을 잃었습니다. 나는 얼이 빠진 채 아름다운 그녀를 뚫어져라 바라보았고, 한 마디 한 마디 말을 할 때마다 이루 말할 수 없이 아름다운 음악을 만들어내는 그녀의 목소리에 흠뻑 빠져들어 있어서, 대답을 해야 할 순간이 오면 어찌할 바를 몰라 횡설수설 몇 마디 말을 더듬거릴 뿐이었습니다. 그런 나의 모습을 보고 그녀는 나의 지성이 정말 형편없다고 생각했을 것이 분명합니다. 내가 갈피를 잡지 못하거나

---

* 반투명한 흰 돌로 빛을 은은하게 퍼뜨리는 성질을 지녀, 램프에 쓰이면 내부에서 빛이 스며 나오는 듯한 부드럽고 투명한 빛을 만들어낸다.

돌이킬 수 없을 정도로 어리석은 말을 내뱉을 때면, 때때로 그녀의 매혹적인 입술에 다정하면서도 비웃는 듯한 장밋빛 섬광이 보일 듯 말 듯 스쳐 지나가곤 했으니까요.

　나는 여전히 그녀에게 나의 사랑에 대해 아무 말도 하지 못했습니다. 그녀 앞에서는 아무런 생각도, 힘도, 용기도 나지 않았으니까요. 내 심장은 마치 가슴을 뚫고 튀어 나가 여주인의 무릎 위로 날아가려는 듯 세차게 뛰었습니다. 스무 번도 넘게 내 감정을 털어놓겠다고 다짐해 보았지만, 극복할 수 없는 소심함이 나를 억눌렀습니다. 백작 부인이 조금만 차갑거나 무심한 태도를 보여도 나는 죽을 것 같은 고통을 느꼈습니다. 마치 단두대에 머리를 올려놓고 칼날이 목을 내리칠 순간을 기다리는 사형수와도 같았지요. 신경이 오그라드는 듯 숨이 막히고, 차디찬 식은땀이 온몸을 적셨습니다. 나는 얼굴이 붉어졌다 창백해졌다 하면서 아무 말도 하지 못한 채 저택에서 나왔습니다. 하지만 문을 찾는 것조차 힘겨웠고, 현관 계단에서는 술 취한 사람처럼 비틀거렸습니다.

밖으로 나오고 나서야 겨우 정신이 돌아왔습니다. 나는 열렬한 찬가들을 허공에 쏟아냈습니다. 눈앞에 없는 나의 우상을 향해 온갖 수사를 동원해 사랑의 고백을 마구 퍼부었습니다. 나의 그 소리 없는 독백들은 사랑을 노래하는 위대한 시인들과 어깨를 나란히 할 정도였습니다. 현기증을 일으킬 듯한 동방의 향기와 해시시의 환각 같은 서정을 지닌 솔로몬의 《아가》*도, 플라토닉한 섬세함과 공기처럼 가벼운 미묘함을 품은 페트라르카**의 소네트들도, 신경질적이고 광기 어린 감수성으로 가득한 하인리히 하이네의 〈간주

---

* 사랑하는 연인들의 대화를 주로 담아 구약성서에서 가장 시적이고 관능적인 책으로 일컬어지는 책으로, 보통 《아가서》로 번역된다.
** 이탈리아의 시인. 르네상스 시대를 연 최초의 인문주의자이자 소네트 시의 대가.

곡)*조차도, 내 생명을 고갈시키는 그 끝없는 영혼의 분출에는 미치지 못할 것입니다. 그런 독백이 끝날 때마다, 내 말에 설득당한 백작 부인이 하늘에서 내려와 내 가슴에 안길 것만 같았지요. 그래서 나는 몇 번이나 그녀를 품에 안는다고 생각하며 두 팔로 빈 가슴을 끌어안곤 했습니다.

나는 정신이 나간 사람처럼 프라스코비에 라빈스카라는 그 이름을 사랑의 기도문처럼 몇 시간이고 되뇌곤 했습니다. 때로는 진주알을 한알 한알 굴리듯 공들여 발음하면서, 때로는 기도에 취한 신도처럼 열에 들떠 빠르게 쏟아내면서, 그 음절들 속에서 말로 설명할 수 없는 매혹을 느꼈습니다. 또 어떤 때에는, 중세 필사본의 서예 기법을 연구해 가며 금빛 장식과 푸른색 문양, 초록빛 넝쿨무늬가 새겨진 최고급 양피지에 그 숭고한 이름을 써 내려갔습니다. 백작 부인을 찾아

---

* 하이네의 대표작이자 독일 낭만주의 사랑 시의 정수로 꼽히는 작품. 이루지 못한 사랑의 아픔과 비애를 담았다.

가기 전까지 길고 긴 시간을 오롯이 그 작업에
바쳤지요. 열정적인 세심함과 어린아이 같은 완
벽주의로 온 정성을 기울이면서요.

　나는 책을 읽을 수도 없었고, 다른 어떤 일에
도 손을 댈 수 없었습니다. 프라스코비에 외에는
그 무엇도 나의 관심을 끌지 못했고, 프랑스에서
온 편지들조차 듣어보지 않았습니다. 몇 번이나
이 상태에서 벗어나려 애를 썼습니다. 젊은이들
사이에서 널리 쓰이는 연애 기술들, 파리 카페의
발몽**들과 조키 클럽의 동 주앙들이 구사하는 온
갖 전략들을 떠올려 보려 했습니다. 그러나 막상
실행에 옮기려 하면 마음이 따라주지 않았습니
다. 스탕달의 쥘리앙 소렐***처럼 내용이 점진적

***

** 　라클로의 소설 《위험한 관계》에 나오는 인물. 냉소적이고
　　계산적이며 유혹을 하나의 기술이나 게임으로 생각하는
　　전형적인 바람둥이.
*** 　스탕달의 소설 《적과 흑》의 주인공. 감정보다 자존심, 승부
　　욕, 계산이 앞서고 사랑을 성공의 수단으로 여기는 인물로,
　　《적과 흑》 초반부에서 온 개편지를 단계별로 써 보내는 방
　　식으로 여성을 공략한다.

으로 발전해 가는 연서들을 백작 부인에게 차례차례 보내지 못한 것이 못내 아쉽기도 했습니다.

하지만 나는 그저 사랑하는 것으로 만족했을 뿐, 아무런 대가도 바라지 않았고, 심지어는 실낱같은 희망조차 품지 않은 채 나 자신을 온전히 바쳤습니다. 아주 대담한 꿈에서조차 프라스코비에의 장밋빛 손가락 끝을 입술로 살짝 스칠 만큼의 용기도 내지 못했으니까요. 15세기에 제단의 계단에 이마를 대고 엎드린 젊은 수행자나 거친 갑옷을 입고 무릎을 꿇은 기사도, 마돈나를 향해 그보다 더 몸을 낮춰 숭배를 바치지는 못했을 것입니다."

발타자르 셰르보노 씨는 아주 주의 깊게 옥타브의 이야기를 듣고 있었다. 그에게는 이 젊은이의 이야기가 그저 낭만적인 연애담으로만 들리지 않았기 때문이다. 그래서 그는 젊은이가 잠시 말을 쉬는 동안 혼잣말처럼 중얼거렸다.

"음, 상사병의 전형적인 증상이로군. 아주 신

기한 병이지……. 찬데르나고르*에서 딱 한 번 이 병에 걸린 환자를 본 적이 있습니다. 브라만에게 반한 파리아** 소녀였지요. 그 불쌍한 소녀는 그 병으로 끝내 죽었습니다 그녀는 본능을 억누르지 못하는 야만인이나 다를 바 없었어요. 하지만 옥타브 씨, 당신은 문명인입니다. 그러니 당신은 치유될 수 있어요."

그는 이야기 사이에 잠깐 끼어들었다는 듯이 이내 입을 다물고, 옥타브 드 사빌에게 이야기를 계속하라는 손짓을 했다. 그러고는 허벅지 위에 놓여있던 다리를 메뚜기 다리처럼 다시 포개 접은 뒤 무릎 위에 턱을 괴는 자세를 취했다. 그 자세는 다른 사람들에게는 불가능할 것 같았지만, 그에게는 아주 편안해 보였다.

옥타브가 말을 이었다.

---

* 　프랑스 식민지였던 인도 벵갈 지역의 도시.
** 　카스트 제도에 포함되지 않는 계급으로, 접촉이 금지된 최하층 천민.

"내 개인적인 고통에 관해 시시콜콜 들려 드리면서 당신을 지겹게 해드리고 싶지는 않습니다. 이제 결정적인 장면에 다다랐습니다. 어느 날, 백작 부인을 보고 싶은 욕망을 더 이상 억누를 수 없어, 나는 평소보다 방문 시간을 앞당겼습니다. 금방이라도 폭풍우가 몰아칠 듯 하늘이 낮게 내려앉은 날이었지요. 라빈스카 부인은 접견실에 없었습니다. 그녀는 가늘고 우아한 기둥들이 받치고 있는 현관 회랑 아래 있었지요. 그 회랑은 테라스로 이어져 있었고, 테라스를 통해 정원으로 내려갈 수 있었습니다. 그녀는 그곳에 피아노와 긴 소파, 그리고 등나무 의자 몇 개를 갖다 놓았습니다. 오직 피렌체에서만 볼 수 있는 싱그럽고 향기로운 꽃으로 가득 찬 화분들이 회랑 기둥 사이사이에 놓여있었는데, 아펜니노 산맥[9]에서 이따금 불어오는 산들바람 때문에 화분의 꽃향기가 그곳의 공기에 은은하게 배어들어 있었습니다.

회랑 기둥들 사이로 보이는 정원에는 잘 다듬어진 주목과 회양목들, 그리고 백 년 묵은 실편백나무 몇 그루가 길게 뻗어 있었고, 강렬하고 역동적인 양식으로 제작된 바치오 반디넬리나 암마나토*의 신화 속 대리석상들이 정원을 장식하고 있었습니다. 그리고 멀리, 피렌체의 도심 한가운데 우뚝 솟은 산타 마리아 델 피오레 성당**의 둥근 돔과 팔라초 베키오***의 네모난 종탑이 보였습니다.

백작 부인은 등나무 소파에 비스듬히 누워있었습니다. 그녀는 그 어느 때보다 아름다워 보였습니다. 더위에 지친 그녀의 나른한 몸은 인도산 모슬린으로 만든 풍성한 가운에 감싸여 있었는데, 그 가운에는 위에서 아래까지 은빛 파도 거

---

*   르네상스 시대 피렌체에서 활동한 조각가들.

**   이탈리아 피렌체의 주요 대성당으로, 흔히 '피렌체 두오모' 라고도 불린다.

***   이탈리아 피렌체의 역사적인 건물로, 팔라초 누오보(신궁전)이 생기면서 팔라초 베키오(옛 궁전)로 불리게 되었다.

품 같은 장식이 물결치고 있어서, 그녀의 모습은 마치 하얀 물거품 속에 잠겨있는 바다의 요정 같았습니다. 그리고 샌들 끈을 묶는 승리의 여신[10] 주위로 휘날리는 천만큼이나 가벼운 드레스의 가슴 부분에는 코라산*의 장인이 니엘 세공[11] 기법으로 만든 금속 브로치가 달려있었습니다. 벌어진 옷소매 사이로 마치 꽃받침 속에서 뻗어 나온 수술처럼 살짝 드러난 그녀의 손목은 피렌체 조각가들이 고대 조각상을 본떠 만든 순백의 석고상보다 더 하얗고 깨끗해 보였습니다. 허리띠에 묶인 채 아래로 길게 늘어뜨려진 큼직한 검은 리본은 그 순백색과 강렬한 대비를 이루고 있었습니다. 상복에나 어울릴 듯한 그러한 색조의 대비가 자칫 침울한 분위기를 자아낼 수도 있었지만, 모슬린 자락 아래로 살짝 보이는 화려한 슬

---

* 현재의 이란 북동부와 아프가니스탄 일부, 투르크메니스탄 일부를 포함하는 광대한 지역. 유명한 무역과 장인 활동, 특히 금속 세공, 보석, 직물 등이 발달했다.

리퍼의 작고 뾰족한 앞코가 분위기를 밝게 만들어 주었습니다. 도로코가죽으로 만든 그 푸른 실내화에는 노란 아라베스크 무늬가 도드라지게 새겨져 있었지요.

풍성하게 부풀린 백작 부인의 금발은 마치 한 줄기 바람에 들어 올려진 것처럼 맑고 깨끗한 이마와 투명한 관자놀이를 드러내고 있었고, 금빛 불꽃처럼 반짝이는 금발이 그녀의 얼굴을 후광처럼 드리우고 있는 것처럼 보였습니다.

그녀 옆의 의자 위에는 드레스의 리본과 같은 길고 검은 리본이 달린 커다란 밀짚모자가 바람에 살랑이며 떨고 있었고, 한편에는 새것처럼 보이는 스웨이드 가죽 장갑 한 켤레가 놓여있었습니다. 프라스코비에는 나를 보자, 읽고 있던 미츠키에비치[12]의 시집을 덮고 다정하게 고개를 살짝 끄덕였습니다. 그녀는 혼자 있었는데. 그건 흔치 않은 좋은 기회였습니다. 나는 그녀가 가리킨 자리에 그녀와 마주 보고 앉았습니다. 침묵이 길어질 때의 그 고통스러운 순간이 우리 사이에 몇 분 정도 흘렀습니다. 내 머릿속에는 가볍게 대화를 풀어갈 만한 이야깃거리가 전혀 떠오르지 않았습니다. 머릿속이 엉망으로 뒤엉켰고, 가슴에서 눈으로 불꽃 같은 파도가 치밀어 올랐습니다. 그리고 내가 품은 사랑이 나에게 외치고 있었습니다. '이런 기회는 두 번 다시 찾아오지 않아. 절대로 놓쳐선 안 돼!'

백작 부인이 내가 동요하는 까닭을 짐작하고 몸을 반쯤 일으켜, 마치 내 입을 막으려는 것처럼 그 아름다운 손을 내게 내밀지 않았더라면, 내가 무슨 일을 저질렀을지 나도 알 수 없습니다.

아무 말도 하지 말아요, 옥타브. 당신은 나를 사랑하고 있죠, 나도 알아요, 그걸 느끼고, 그렇다고 믿고 있어요. 그렇지만 나는 당신을 조금도 비난하지 않아요, 사랑이란 인간의 의지로 되는 게 아니니까요. 더 엄격한 여자들은 모욕감을 느꼈을지도 모르겠어요, 하지만 나는 당신이 안쓰러워요. 나는 당신을 사랑할 수 없으니까요. 그리고 나로 인해 당신이 불행해지는 게 슬프답니다. 나를 만나지 말았어야 했는데, 괜한 변덕으로 베네치아를 떠나 피렌체로 온 것이 후회됩니다. 처음에는, 내가 계속 차갑게 대하면 당신이 지쳐서 멀어질 거로 생각했어요. 하지만 당신 눈에서 읽을 수 있는 진실한 사랑은 그 어떤 것에도 굴하지 않더군요. 내가 다정하게 대한다고 해서, 어떤 혼상도, 어떤 꿈도 품지 않기를 바랍니다. 그리고 나의 연민을 격려로 착각하지 마세요. 다이아몬드 방패와 불타는 검을 가진 한 천사가 종교보다, 의무보다, 미덕보다 더 확실하게 나를 모든 유혹으로부터 지켜주고 있습니다. 그리고 그 수호천사는 바로 나의 연인이자 남편입니다. 나는 라빈스키 백작을 열렬히 사랑합니다. 나는 결혼 생활에서 열정적인 사랑을 발견하는 행복을 누리고 있어요.

너무도 솔직하고, 너무도 고결하고 단호한 그 고백에, 내 눈에서 눈물이 하염없이 쏟아졌고, 내 안에서 생명의 용수철이 부러지는 것을 느꼈습니다. 마음이 흔들린 프라스코비에는 자리에서 일어나, 여성 특유의 우아한 연민 어린 몸짓으로 얇은 면 손수건을 내 눈가에 갖다 댔습니다.

이런, 울지 말아요.

그녀가 말했습니다.

내가 허락하지 않겠어요. 마음을 다른 데로 돌리려고 애써 보세요. 내가 영원히 떠났다고, 죽었다고 상상하세요. 나를 잊으세요. 여행을 하세요, 일을 하세요, 선행을 베푸세요, 인간의 삶에 적극적으로 뛰어드세요. 예술이나 사랑에서 위안을 찾으세요……

나는 고개를 가로저었습니다.

나를 계속 만나면 고통이 덜어질 것 같나요?

백작 부인이 말을 이었습니다.

　그렇다면 오세요. 언제든 당신을 만나드릴 테니까요. 하느님은 원수도 용서하라고 하셨지요. 그런데 나를 사랑하는 사람을 가혹하게 대할 이유가 어디 있겠어요? 그렇다고 해도, 내 생각엔 서로 만나지 않는 게 더 확실한 치료가 될 것 같아요. 2년 정도 지나면 당신은 아무 일도 없었던 것처럼 내 손을 잡을 수 있을 거예요.

　그녀는 미소를 지으려 애쓰며 덧붙였습니다.
　그다음 날, 나는 피렌체를 떠났습니다. 하지만 공부도, 여행도, 시간도, 내 고통을 줄여주지 못했습니다. 지금 나는 죽어가고 있습니다. 그게 느껴집니다. 의사 선생님, 이대로 죽을 수 있게 날 내버려 두십시오!"

"그 후로 프라스코비에 라빈스카 백작 부인을 다시 만났습니까?"

의사가 물었다. 그의 푸른 눈이 기이하게 번쩍이고 있었다.

"아니오."

옥타브가 대답했다.

"하지만 그녀는 지금 파리에 있습니다."

말을 마친 후 옥타브는 발타자르 셰르보노 씨에게 카드 한 장을 내밀었다. 거기에는 이런 글이 적혀있었다.

"프라스코비에 백작 부인은 매주 목요일 댁에 계십니다."

III

샹젤리제 거리 옆으로, 오스단제국 대사관에서부터 엘리제 궁전으로 이어진 가브리엘 거리를 따라 산책하는 사람들은 그 당시 아주 드물었다. 그리고 먼지가 풀풀 날리는, 화려하고 시끌벅적한 샹젤리제보다는 한쪽에는 나무들이, 다른 한쪽에는 정원들이 늘어선 고즈넉하고 시원한 그 외딴길을 선호하는 산책객들 가운데, 시적이고 신비로운 한 저택 앞에서 감탄과 질투가 섞인 마음으로 꿈꾸는 듯한 표정을 지으며 멈춰 서지 않는 사람은 거의 없었다. 아주 드문 일이긴 하지만, 그곳에서는 부의 행복이 공존하고 있는 것처럼 보였다.

그 길을 따라 걸었던 사람이라면 누구라도 한 번쯤은 어느 집 정원의 철책 앞에서 발걸음을 멈추고, 마치 자기가 꿈꾸던 삶이 저 담장 너머에 숨겨져 있기라도 한 것처럼 초록색 수풀 사이로 하얀 저택을 한참 동안 바라보다가, 무거운 마음으로 발길을 돌려본 적이 있을 것이다. 반면에, 밖에서 그렇게 바라본 집들 가운데 또 어떤 집들은 설명하기 힘든 슬픔을 불러일으킨다. 권태와 소외, 절망이 그 회색빛 건물 외관을 얼어붙게 하고, 잎이 거의 다 떨어져 나간 앙상한 나무들의 꼭대기를 누렇게 만들며, 조각상들은 이끼로 뒤덮여 마치 나병에 걸린 듯하고, 꽃들은 시들어가고, 연못의 물은 녹색으로 변하고, 아무리 괭이질을 해도 잡초들은 무성하게 자라 길을 점령한다. 새들이 있다 해도 지저귀는 소리는 전혀 들리지 않는다.

그 오솔길 아래쪽에는, 낮은 담장이나 도랑으로 경계가 지어진 정원들이 폭이 일정하지 않은 띠 모양으로 저택들이 있는 곳까지 계속 이어졌다. 그리고 그 저택들의 건물 정면은 포부르 생토노레 거리 쪽을 향하고 있었다. 지금 우리가 이야기하는 길은 도랑 쪽에서 흙을 쌓아 올린 둑으로 막혀있었는데, 형태가 제각각인 커다란 바위들을 쌓아 만든 옹벽이 그 둑을 떠받치고 있었다. 울퉁불퉁하거 튀어나온 시커먼 바위벽이 양쪽으로 높이 솟아, 마치 무대 날개처럼 푸릇푸릇한 풍경을 감싸고 있었다.

바위들 틈 사이사이에는 반년초, 붉은 우유풀[13], 금송화, 돌패랭이, 두꺼비풀, 돌바람꽃, 알프스 동자꽃, 아일랜드 담쟁이 같은 것들이 흙을 찾아 자라면서 커다란 바위를 배경으로 각양각색의 잎사귀를 선명하게 드러내고 있었다. 그 어떤 화가도 그림 전경에 이보다 더 훌륭한 대비 효과를 연출할 수는 없었을 것이다.

이 지상의 낙원을 둘러싸그 있는 측벽들은 덩굴식물의 장막으로 가려져 있었다. 쥐방울덩굴, 푸른 석류덩굴, 초롱꽃, 인동초, 대나물, 등나무, 누에바늘꽃, 덩굴손 줄기들이 초록색 격자 구조물에 얽히고설켜 있었는데, 기는 행복이라는 것은 원래 갇혀있는 것을 싫어하기 때문일 것이다.

이러한 배치 덕분에, 그곳은 문명의 울타리로 둘러싸인 작은 정원이라기보다는 숲속의 빈터처럼 보였다.

바위 더미에서 조금 떨어진 뒤쪽에는 잎이 무성하게 우거진 나무들이 우아한 자태를 뽐내며 무리 지어 있었고, 싱싱한 잎사귀들은 그림처럼 서로 대비를 이루고 있었다. 일본산 옻나무, 캐나다산 측백나무, 버지니아산 플라타너스, 푸른 물푸레나무, 흰 버드나무, 프로방스의 쐐기풀나무, 그 위로 두세 그루의 낙엽송이 우뚝 솟아있었다. 나무들 너머에는 라이그래스 잔디가 펼쳐져 있었는데, 단 한 군데도 삐죽 튀어나온 곳 없이 가지런히 자라난 그 잔디들은 여왕의 벨벳 망토보다 더 섬세하고 부드러웠다. 영국 봉건 영주의 대저택 현관 앞에서만 볼 수 있는 그 환상적인 에메랄드빛 잔디밭은, 눈으로는 쓰다듬고 싶어지면서도 발로는 선뜻 밟기가 망설여지는, 포근한 자연의 양탄자였다. 낮에는 레이스 달린 드레스를 입은 공작가의 어린 아기가 가족 같은 사슴과 단둘이 햇볕 아래 뒹굴 수 있고, 밤에는 웨스트엔드*의 어느 티타니아가 귀족 명부와 준남작 명부에 이름을 올린 어느 오베론**의 손을 맞잡고 달빛 아래 살며시 미끄러지듯 걸어갈 수 있을 것 같은, 자연이 선물한 카펫이었다.

조개껍질 조각이나 부싯돌의 날카로운 모서리가 행여 우아한 발자국을 남기며 그 위를 밟고 지나가는 귀족의 발을 다치게 하지 않을까 염려하여, 체로 곱게 거른 모래를 깔아놓은 산책로가 짧고 촘촘한 그 초록색 융단을 노란 띠처럼 에워싸고 있었다. 롤러로 평평하게 다져진 그 잔디밭은 몹시 건조한 여름날에도 물뿌리개로 물을 뿌

---

* 런던의 중심 지역으로 연극과 같은 공연 문화 예술이 집중되어 있는 곳. 〈한여름 밤의 꿈〉은 웨스트엔드에서 수십 차례 반복 공연된 대표작이다.

** 셰익스피어 작품 〈한여름 밤의 꿈〉에 등장하는 요정의 여왕 티타니아와 요정의 왕 오베론. 여기서 '어느' 티타니아와 '어느' 오베론이라고 표현한 것은, 진짜 티타니아와 오베론이 아니라 연극에서 역할을 맡은 배우들 또는 인간 세계의 인물들임을 의미한다.

려 항상 촉촉하고 싱싱한 상태를 유지했다.

이 이야기가 펼쳐지던 당시, 잔디밭 끝자락에서는 제라늄 화단이 쏘아 올린 진정한 꽃불놀이가 일어나, 그 선홍빛 별들이 갈색 산성토 위에서 불길처럼 활활 타오르고 있었다.

시야 끝에는 저택의 우아한 정면이 보였다. 날씬한 이오니아식 기둥들이 떠받치고 있는 상부 장식층에는 모서리마다 아름다운 대리석 조각상이 얹혀 있어, 마치 어떤 백만장자가 제멋대로 그 자리에 옮겨다 놓은 그리스 신전 같았다. 그것은 한편으로 시와 예술에 대한 감각을 일깨우면서 사치스러움의 극치로 느껴질 수도 있는 그 모든 요소를 조화롭게 바로잡아 주었다. 기둥 사이사이에는 폭이 넓은 분홍색 줄무늬가 들어간 차양이 거의 언제나 드리워져 있어, 창문 안으로 햇빛이 들어오는 것을 막아주면서도 창문의 형태를 선명하게 드러내 주었다. 그리고 창문들은 지면과 같은 높이에 나 있어서, 창문이라기보다는 유리문이라고 해야 할 것 같았다.

파리의 변덕스러운 하늘이 그 작은 궁전 위로 한 조각 푸른 빛을 드리울 때면 건물의 윤곽들이 초록 덤불 사이에서 너무도 아름답게 모습을 드러내어, 마치 요정 여왕의 임시 거처나 바롱[14]의 그림을 크게 확대해 놓은 것 같은 착각이 들 정도였다.

저택 양옆에는 두 개의 온실이 정원 쪽으로 날개처럼 펼쳐져 있었고, 금빛 골조 사이로 온실의 유리 벽이 햇빛에 다이아몬드처럼 반짝이면서 아주 희귀하고 값비싼 이국 식물들에게 마치 자신들의 고향에 있는 듯한 착각을 안겨주었다.

어느 부지런한 시인이 새벽빛이 붉게 물든 가브리엘 거리를 지나갔다면, 그는 밤의 노래를 마무리하는 나이팅게일의 지저귐을 들었을 것이고, 마치 자기 집인 듯 편안하게 노란 실내화를 신은 채 정원 오솔길을 이리저리 느긋하게 거니는 검은지빠귀를 보았을 것이다. 그러나 밤이 되면, 오페라 극장 쪽에서 달려오는 마차 소리가 잠든 도시의 정적 속으로 사라진 뒤, 그 시인은 어떤 잘생긴 젊은 남자의 품에 안긴 하얀 그림자를 희미하게 알아보았을 것이고, 죽을 만큼 슬픈 영혼을 끌어안고 고독한 다락방으로 돌아갔을 것이다.

당신도 이미 눈치챘겠지만, 그곳은 바로 프라스코비에 라빈스카 백작 부인과 그녀의 남편 올라프 라빈스키 백작이 얼마 전부터 살고 있는 집이었다. 백작은 코카서스 전쟁에 참전했다가 복무를 마치고 영광스럽게 귀환했다. 비록 그 전쟁터에서 신출귀몰한 샤밀[15]과 육탄전을 벌이지는 않았다고 해도, 백작이 그 유명한 무슬림 지도자를 가장 열성적으로 따르는 무리드*들과 맞서 싸운 것은 분명한 사실이었다. 그는 용맹한 전사들이 그러하듯 날아오는 총탄을 두려워하지 않

---

*   샤밀의 추종자들. 샤밀의 지도 아래 활동했던 북 코카서스의 이슬람교도 반군.

고 돌진해 나갔고, 야만스러운 적들의 휘어진 칼날이 그의 가슴을 내리쳐도 생처 하나 내지 못했다. 용기야말로 그 무엇으로도 뚫을 수 없는 갑옷이다. 라빈스키 백작은 위험 자체를 즐기는 슬라브 민족의 광기 어린 용기를 지니고 있었다. 옛 스칸디나비아 노래의 후렴구는 슬라브 민족이 어떤 사람들인지 잘 보여준다.

"그들은 죽이고, 죽으며, 웃는다!"

다시 만난 이 브루는 황홀감을 느끼며 서로에게 빠져들었다! 그들에게 결혼이란 단지 신과 인간들이 허락한 형식에 지나지 않았으니, 그들의 사랑을 제대로 토현할 스 있는 이는 오직 토마스 무어뿐일 것이다.―〈천사들의 사랑〉[16]의 문체로! 잉크 한 방울 한 방울이 콧글에서 빛으로 바뀌고, 낱말 하나하나가 종이 위에서 타오르며 불꽃과 향기를 내뿜어야 할 것이다. 그러지 않고서는, 백합 꽃잎 위로 굴러가다 만난 두 이슬방울처럼 서로 녹아들어 하나가 된 디 두 영혼을 어떻게 묘사할 수 있을까? 이 세상에는 행복이라는 것이 너무도 드물어서, 인간은 그것을 표현할 말을 만들어낼 생각조차 하지 못했지만, 반면에 정신적 고통과 육체적 고통을 나타내는 어휘는 모든 언어의 사전에서 헤아릴 수 없이 많은 칸을 차지하고 있다.

올라프와 프라스코비에는 아주 어린 시절부터 서로 사랑했다. 그들의 심장은 단 한 사람만을 위해 뛰었고, 거의 요람에서부터 서로 사랑하게 될 운명임을 알았으며, 두 사람 중 하나가 없는 세상은 존재하지 않았다. 마치 플라톤의 안드로지누스*처럼 원초적인 분리 이후 헛되이 서로를 찾아 헤매던 두 개의 조각이 다시 만나 합쳐진 듯했다. 그들은 하나 안에 두 존재를 담아내

---

* 플라톤의 대화편 〈향연〉에서 사랑의 기원을 설명하는 신화적 존재. 〈향연〉에 의하면, 하나의 몸에 남성과 여성의 성을 모두 가진 이 완벽한 존재에게 위협을 느낀 제우스가 인간을 둘로 분리했고, 이후 각각의 반쪽은 잃어버린 자신의 반쪽을 끊임없이 찾아 헤매게 되었으며, 이것이 곧 인간의 사랑과 욕망의 근원이라고 설명한다.

며 완전한 조화를 이루었다. 그들은 인생길을 나란히 걸어갔다. 아니 걷는다기보다는, 단테의 아름다운 표현[**]을 빌리자면, 두 사람이 마치 같은 욕망에 이끌린 한 쌍의 비둘기처럼, 균형 잡힌 힘찬 날갯짓으로 활공하듯 생을 함께 날았다.

그 어떤 것도 이 행복을 방해하지 못하도록, 엄청난 부가 마치 황금빛 대기처럼 그들을 둘러싸고 있었다. 이 빛나는 부부가 나타나기만 하면, 가난한 이들은 초라한 옷을 벗었고, 눈물은 말라버렸다. 왜냐하면 올라프와 프라스코비에는 행복에 대한 고결한 이기심을 지니고 있어, 그들의 빛나는 삶 안에 고통이 존재하는 것을 결코 용납하지 못했기 때문이다.

젊은 신들, 미소 짓는 정령들, 완전무결한 형상과 조화로운 리듬과 순수한 이상을 지닌 천상의

[**] 단테의 《신곡》에서 사랑에 빠져 폭풍 같은 바람 속을 떠돌며 비둘기처럼 나란히 날아가는 연인의 사랑과 조화를 묘사한 구절.

미소년들이 다신교와 함께 사라진 이후로, 고대 그리스가 더 이상 파로스의 시구*로 아름다움을 찬미하는 노래를 부르지 않게 된 이후로, 인간은 자신들에게 주어진 추해질 자유를 잔인할 정도로 남용해 왔으며, 신의 형상대로 창조되었음에도 불구하고, 그 모습을 제대로 구현하지 못하게 되었다. 하지만 라빈스키 백작은 그런 자유를 남용하지 않았다.

약간 긴 타원형의 얼굴, 대담하게 뻗은 섬세하고 날카로운 코, 선이 분명한 입술과 끝을 뾰족하게 다듬은 금빛 콧수염, 살짝 들린 턱과 그 위의 보조개, 그리고 매혹적인 특이함과 우아한 이질감을 느끼게 하는 검은 눈동자는 그를 마치 황금 갑옷을 입고 악마와 맞서 싸우는 천사, 다시 말해 성 미카엘이나 라파엘처럼 보이게 했다. 검

---

*   고대 그리스 파로스 섬 출신 가운데 가장 유명한 시인은 아르킬로코스이다. 호메로스의 서사시가 영웅들의 위대한 행동을 찬양했다면, 아르킬로코스는 개인이 느끼는 아름다움이나 사랑의 열정 자체를 서정적으로 노래했다.

은 눈동자에 스치는 남성적인 광채와 동양의 햇빛이 얼굴에 남긴 구릿빛 피부만 아니었더라면, 그는 지나칠 정도로 아름다웠을 것이다.

백작은 너무 크지도 작지도 않은 키에 탄탄하고 날렵해 보이는 가른 체형이었고, 곱상해 보이는 겉모습과는 달리 강철 같은 근육을 갖고 있었다. 그가 황금과 다이아몬드로 장식하고 진주로 수를 놓은 화려한 귀족 의상을 입고 대사관 무도회에 나타나 사람들 사이를 마치 눈부신 환영처럼 지나갈 때면, 남자들은 질투를 느끼고 여자들은 사랑에 빠져들었다. 하지만 프라스코비에는 그런 것에 개의치 않았다. 백작이 육체적인 아름다움뿐만 아니라 지성까지 겸비했다는 사실은 굳이 덧붙일 필요도 없다. 자애로운 요정들이 요람에 누워있는 그에게 온갖 축복을 한꺼번에 내려주었고, 게다가 사사건건 훼방을 놓고 망가뜨리는 심술궂은 미녀조차 그날은 기분이 아주 좋았던 모양이었다.

맞서야 하는 상대가 그런 인물이라면, 옥타브드 사빌에게는 가능성이 거의 없다고 보아야 했다. 명의로 소문난 발타자르 셰르보노 박사가 그의 마음속에 다시 희망을 심어주려 애썼지만, 그는 소파 위 쿠션에 파묻혀 그대로 조용히 죽어가는 편이 훨씬 더 현명했다. 프라스코비에를 잊는 것만이 유일한 방법이었겠지만, 그것은 불가능한 일이었다. 그렇다고 그녀를 다시 만나봐야 달라질 일은 없었다. 그 여인의 마음은 무슨 일이 있어도 흔들리지 않으리라는 것을, 옥타브는 분명히 느낄 수 있었다. 그녀의 일편단심은 부드럽지만 냉정한 태도, 연민이 섞인 차가운 태도를 통해 더욱 확고하게 드러났다. 그는 아물지 않은 자신의 상처가 다시 벌어져 피를 흘리게 될까 두려웠다. 그렇다고 아무것도 모른 채 그에게 상처를 입히고 그를 죽이고 있는 그 사랑하는 살인자를 원망하고 싶지는 않았다!

IV

라빈스카 백작 부인이 자신이 들어서는 안 될 사랑의 고백을 하려는 옥타브의 입을 막았던 날로부터 두 해가 흘렀다. 꿈의 절정에서 떨어져 내린 옥타브는 암울한 슬픔의 부리가 자신의 간을 쪼아 먹도록 나 버려 둔 채 프라스코비에에게 아무런 소식도 전하지 않고 둘러나 있었다. 그가 그녀에게 전하고 싶었던 유일한 말은 그녀가 그에게 금지한 단 한 마디뿐이었다. 그러나 옥타브의 침묵에 늘란 백작 부인은 우울한 마음으로 자신의 가련한 숭배자를 떠올리곤 했다. 그가 정말 나를 잊은 것일까? 성스러울 정도로 순수하고 꾸밈없는 백작 부인은 그가 자신을 잊었기를 바라면서도 그럴 리는 없다고 생각했다. 옥타브의 눈에서 꺼지지 않는 열정의 불꽃이 타오르고 있는 것을 백작 부인이 못 알아봤을 리가 없었기 때문이다. 사랑과 신은 눈빛에서 드러나는 법이다. 그 생각은 작은 먹구름처럼 그녀의 행복이라는 맑고 투명한 하늘을 스쳐 지나가면서, 하늘에서 지상의 기억을 떠올리는 천사들이 느끼는 것과 같은 가벼운 슬픔을 그녀의 마음에 불러일으켰다. 그녀의 매혹적인 영혼은 저 먼 곳에서 누군가가 자기 때문에 불행하다는 사실에 괴로워하였다.

그러나 하늘 높은 곳에서 반짝이는 황금빛 별이, 그 별을 향해 절망적으로 두 팔을 뻗는 하찮은 목동에게 무엇을 해줄 수 있겠는가? 신화의 시대에는 포이베가 은빛 광선을 타고 하늘에서 내려와 엔디미온의 잠자리에 머물렀다.[*] 하지만 포이베는 폴란드 백작과 결혼한 몸이 아니었다.

라빈스카 백작 부인은 파리에 도착하자마자 옥타브에게 평범한 초대장을 보냈다. 지금 발타

---

[*] 그리스 신화에서 달의 여신 포이베를 사랑한 인간 엔디미온의 이야기. 여신은 밤마다 은빛 광선을 타고 내려와 잠든 그를 바라보거나 사랑했다.

자르 셰르보노 박사가 무심한 듯 만지작거리고 있는 것이 바로 그 초대장이었다. 초대장을 보냈는데도 그가 찾아오지 않는 것을 보고, 그녀는 옥타브의 병이 나았기를 바랐음에도 불구하고 자기도 모르게 기뻐하며 중얼거렸다.

"그는 여전히 나를 사랑하고 있구나!"

하지만 그녀는 히말라야에서 가장 높은 봉우리에 쌓인 눈처럼 정결한, 천사 같은 순수함을 지닌 여인이었다. 그러나 전능한 신조차도 그 무한의 심연 속에서 영원의 권태를 달랠 수 있는 것이라고는, 광막한 우주 속에 길을 잃은 보잘것없는 작은 행성에서 살아가는 한 덧없는 존재의 가련한 심장이 신을 위해 뛰는 소리를 듣는 것뿐이다. 하물며 프르-스코비에는 신보다 냉엄하지 않았고, 올라프 박작도 그녀의 영혼이 누리는 그 섬세한 즐거움을 키난할 수는 없었을 것이다.

"이야기를 귀 기울여 들어보니, 당신이 조금이라도 희망을 품는 것 자체가 덧없는 환상에 불과

한 것 같군요. 백작 부인은 당신의 사랑을 절대로 받아들이지 않을 겁니다."

의사가 옥타브에게 말했다.

"그러니까 셰르보노 씨, 사라져가는 생명을 붙잡으려 하지 않았던 내 생각이 결국 옳았다는 말이군요."

"내 말은, 일반적인 방법들로는 가망이 없다는 뜻입니다."

의사가 말을 이었다.

"그렇지만 현대 과학이 잘 모르는 신비로운 힘들이 존재합니다. 그리고 그 전통은 어떤 무지한 문명이 야만인들이라 부르는 그런 낯선 나라들에서 명맥을 이어오고 있지요. 태초에 인간은 자연의 생명력과 직접 접촉하면서 오늘날 우리가 잃어버렸다고 생각하는 비밀들을 알고 있었습니다. 그 후로 민족을 이루게 된 부족들이 이주할 때 그들은 그 비밀들을 가져가지 않았지요. 하지만 그 지역들에는 아직 그 비밀들이 남아있습니다.

처음에는 그것들이 신전 깊숙한 곳에서 은밀하게 수행자에게서 수행자에게로 전해졌고, 그 후 보통 사람들은 이해할 수 없는 신성한 언어로 기록되었으며, 엘로라*의 신비로운 벽면을 따라 상형 문자로 새겨졌지요. 지금도 여전히 갠지스 강의 강물이 흘러오는 메루산 능선들에서, 갠지스 강변의 성스러운 도시 바라나시의 흰 대리석 계단 아래에서 그리고 실론**의 폐허가 된 사원 깊숙한 곳에서, 몇백 년을 산 몇몇 브라만들이 해독하기 힘든 필사본을 한 글자씩 더듬어 읽고 있고, 몇몇 요기들이 하늘의 새가 날아와 자신들의 머리에 둥지를 트는 것도 알아차리지 못한 채 말로 표현할 수 없는 단음절 '옴***'을 되뇌고

---

*   인도 마하라슈트라 주에 있는, 화강암 바위를 깎아 만든 암벽 사원.

**   현재의 스리랑카.

***   힌두교와 불교, 요가 전통에서 쓰이는 가장 신성한 소리. 산스크리트어에서 '옴'은 우주의 근원적 진동이며 모든 소리·존재·의식의 시작과 끝을 상징한다.

있는 모습을 발견할 수 있을 것입니다. 어깨에 자가나트*의 쇠갈고리에 찔려 생긴 상처 자국들이 남아 있는 몇몇 파키르**들은 잃어버렸다고 알려진 비술을 여전히 간직하고 있고, 마음만 먹으면 그 비술로 언제든지 기적처럼 경이로운 결과를 만들어낼 수 있습니다.

물질만을 추구하는 유럽 사람들은 인도의 수행자들이 이룩한 영적 경지의 깊이를 전혀 이해하지 못합니다. 극단적인 단식, 모든 신체 활동을 멈추고 생사를 넘나들며 오랫동안 꼼짝도 하지 않고 수행하는 깊은 명상, 불가능할 것 같은 기이한 자세를 몇 년 동안이나 그대로 유지하는 고행으로 육신을 소모하고, 자라난 손톱이 손바닥을 꿰뚫도록 내버려 둔 채 납처럼 뜨거운 태양 아래 이글거리는 화로 사이에서 웅크리고 있는

---

* 인도 힌두교에서 피와 고행을 요구하는 잔혹한 신 비슈누 또는 그의 화신 크리슈나.

** 인도·이슬람권 혹은 인도교 전통에서 신비적 능력을 지닌 금욕 수행자.

그들을 보면 마치 이집트 미라를 관에서 꺼내 원숭이 같은 자세로 구부려놓은 것 같다는 생각이 들 정도입니다. 그들의 육신은 이제 번데기에 불과하며, 불결여 나비인 그들의 영혼은 원할 때 자유롭게 떠나거나 돌아올 수 있습니다. 반면에 그들의 야윈 육신은 그 자리에 움직이지 않고 그대로 남아 있어, 마치 낮에 사람들 눈에 띈 흉측한 야행성 애벌레처럼 보는 이들을 섬뜩하게 하지요. 그러나 그들의 정신은 모든 속박에서 벗어나, 환각의 날개를 퍼덕이며 헤아릴 수 없는 고도로 높이 날아올라 초자연적인 세계를 누빕니다. 그들은 이상하고 기묘한 환상과 꿈을 경험합니다. 황홀경에서 또 다른 황홀경으로 이어지는 가운데, 사라진 시대들이 영원의 바다 위에 일으킨 파동을 따라갑니다. 그들은 무한의 시공간을 사방으로 누비며 우주의 창조를 목격하고, 신들의 탄생과 성장, 그리고 윤회까지 지켜봅니다. 그들의 기억 속에는, 지구의 대격변과 대홍수의 재

앙으로 함몰된 고대 과학과, 잊혔던 인간과 자연의 관계들이 되살아납니다. 이 기묘한 상태에서, 그들은 수천 년 동안 지구 위 그 어떤 민족도 더 이상 사용하지 않게 된 언어로 중얼거립니다. 그들은 원초적 언어, 그러니까 고대의 어둠 속에서 빛을 터뜨린 그 언어를 되찾습니다. 사람들은 그들을 미친 자들이라고 여기지만, 사실 그들은 거의 신과 다름없습니다!"

이 기묘한 서두는 옥타브의 관심을 극도로 자극했다. 옥타브는 발타자르 셰르보노 박사가 이야기를 어디로 끌고 가려는 것인지 알 수 없어, 놀라움과 호기심이 반짝이는 눈으로 그를 바라보았다. 옥타브는 프라스코비에 라빈스카 백작 부인에게 품은 자신의 사랑과 인도 고행자들 사이에 어떤 관련이 있는 것인지 도무지 짐작이 가지 않았다.

옥타브의 생각을 읽은 의사는 손짓으로 그의 질문을 막은 뒤, 말을 이었다.

"조금만 더 참고 들어보세요, 옥타브 씨. 내가 쓸데없는 이야기를 하는 게 아니라는 것을 이제 곧 이해하게 될 테니. 강의실의 대리석 위에서 해부용 칼로 시체들에게 질문을 던졌지만, 그들은 아무런 대답도 하지 않고 내가 생명을 찾을 때마다 오직 죽음만을 보여주었기에, 나는 한 가지 계획을 세우게 되었습니다. 프로메테우스가 하늘로 올라가 불을 훔쳐오려 했던 것만큼이나 대담한 계획이었지요. 영혼에 다가가 그것을 포착하고, 분석하고, 말하자면 해부해 보려는 것이었습니다.

나는 결과가 아니라 원인을 알아내고자 했고, 그 공허함이 이미 드러난 유물론적 과학을 경멸하며 내던졌습니다. 곧바로 흩어져 버리는 분자의 우연한 배열이나, 불확실한 물질적 현상들을 연구하는 것은 조악한 경험주의가 하는 일처럼 느껴졌습니다. 나는 자기장의 힘을 이용하여 영혼을 육체의 속박에서 풀어주려고 시도했습니다. 곧 메스머, 들룅, 맥스웰, 푸이세귀르, 들뢰즈*, 그리고 가장 높은 수준까지 도달하였다고 알려진 이들을 넘어서 정말 경이로운 실험들을 해보았지만, 그것만으로는 여전히 만족스럽지 않았습니다.

강직 상태, 수면 행동 현상, 천리안, 황홀경 상태에서 나타나는 각성과 예지력…… 그런 온갖 현상들을 내 마음대로 만들어냈지요. 그것들은 보통 사람들에게는 이해할 수 없는 일이었지만 나에게는 아주 간단하고 쉬운 일이었습니다.

나는 더 먼 근원으로 거슬러 올라갔습니다. 카르다노[17]와 성 토마스 아퀴나스[18]의 황홀경에서 피티아**의 신경성 발작으로 옮겨갔고, 그리스 에

---

* 18~19세기 유럽에서 활동한 과학자와 의사들로, 특히 '동물 자기력(의사 프란츠 메스머가 주창한 신비한 힘으로, 생명체에 흐르는 무형의 에너지. 최면과 치료에 사용되었다)'이나 초기 심리학, 최면 연구와 관련이 깊다.
** 델포이의 신탁 여사제. 피티아는 예언할 때 극단적인 신체적·정신적 상태, 예언이나 영감이 발생하는 순간의 신경적 트랜스 상태를 겪었다고 한다.

포프테스***와 히브리 너비임****의 비의를 발견했습니다. 그 후에 트로포니우스와 에스쿨라피우스*****의 신비 의식에 입문해, 그들이 행했다고 전해지는 그 경이로운 기적들이 몸짓이나 시선, 말, 의지, 때로는 그 밖의 알 수 없는 어떤 요인을 통해 영혼을 집중시키거나 확장시킴으로써 발현될 수 있다는 것을 알게 되었습니다. 그리고 티아나의 아폴로니우스******가 행한 모든 기적을 하나하나 재현해 보기도 했지요. 하지만 의학에 관한 나의 꿈은 여전히 완성되지 않았습니다. 영혼

*** 고대 그리스의 신비교, 특히 엘루시스 신비교에서 '비밀을 보는 자'를 뜻한다. 이들은 엘루시스 신전에서 비밀스러운 의식과 영적 체험을 통해 인간 존재와 죽음, 삶의 의미에 대한 깊은 통찰을 얻었다.

**** 히브리어 성경에서 '예언자들'을 뜻한다. 《창세기》와 《출애굽기》 이후, 하나님의 계시를 인간에게 전달하는 역할을 했다

***** 인간 의식과 영혼의 극한 체험, 신비적 경험을 상징한다. 고대 그리스 로마 신화에서 트로포니우스는 예언과 지하의 신비와 연결된 존재이고, 에스쿨라피우스는 치유와 의술의 신이다.

****** 헬레니즘 시대의 철학자이자 수행자로, 예언이나 치유, 기적을 행한 인물로 알려져 있다.

은 잡힐 듯하다가도 계속 달아났습니다. 물론 영혼을 느끼고 들으며, 어느 정도 영향을 줄 수는 있었습니다. 영혼의 능력을 둔화시키거나 각성시키기도 했지요. 그러나 나와 영혼 사이에는 육신이라는 장벽이 있어, 그걸 걷어내려 하면 영혼은 그 즉시 날아가 버릴 것 같았습니다. 나는 마치 소쿠리로 새를 잡긴 했지만, 소쿠리를 들어 올리면 새가 하늘로 날아가 버릴까 두려워 이러지도 저러지도 못하는 새잡이 같았습니다.

나는 고대의 지혜를 간직하고 있는 인도로 떠났습니다. 그곳에서 수수께끼의 해답을 찾을 수 있으리라 기대하며, 산스크리트어와 프라크리트어, 학술 언어와 일상 언어를 모두 배웠지요. 그 덕분에 판디트들, 그리고 브라만들과 교류할 수 있었습니다. 나는 호랑이가 덤벼들 듯이 으르렁거리는 정글을 지나고, 악어가 도사리고 있는 성스러운 연못을 따라 걷고, 박쥐와 원숭이 떼를 쫓아내며 덩굴로 가로막힌 숲을 헤치고 나

아가고, 길목에서 맞닥뜨린 코끼리와 눈을 맞추
기도 하면서, 어떤 유명한 요기의 오두막에 다
다랐습니다. 그는 무니*들과 소통하는 인물이었
습니다. 나는 며칠 동안 그의 가젤 가죽을 함께
나눠 쓰며 옆에 붙어 앉아, 황홀경에 사로잡힌
그의 갈라진 검은 입술에서 희미하게 흘러나오
는 주문들을 받아 적었습니다. 그렇게 해서 나
는 절대적인 힘을 가진 단어들, 영적 존재나 힘
을 불러내는 주문, 신의 말씀들을 포착할 수 있
었습니다.

세속인들은 한 번도 들어간 적이 없는 파고
다** 안으로 들어가 그곳의 상징적인 조각들을
연구하기도 했습니다. 나는 브라만 복장을 하

---

*   산스크리트어로 침묵을 지키는 사람. 외부 세계와 소통하
며 신비적 경험을 공유할 수 있는 요기와는 다르게, 세상과
소통하기보다는 침묵 속에서 내적 깨달음에 집중하는 수
행자.

**   인도, 네팔, 티벳, 동남아시아에서 볼 수 있는 높은 첨탑 형
태의 종교 건축물. 내부에는 외부인이 들어가기 어려운 신
성한 내실(불상, 제단, 경전 보관 공간 등)이 있다.

고 있었기 때문에 파고다 안으로 들어갈 수 있었지요. 거기서 많은 우주 생성의 비밀과 사라진 문명들의 전설을 읽었고, 울창하고 잡다한 식물들로 가득 찬 인도의 자연처럼 다양한 신들*이 손에 들고 있는 상징물들의 의미를 찾아냈습니다. 나는 브라흐마의 원, 비슈누의 연꽃, 시바의 목에 감긴 코브라, 그리고 푸른 신 가네샤**에 대해 명상했습니다. 기다란 코를 풀어 늘어뜨리고 긴 속눈썹으로 둘러싸인 작은 눈을 깜박이는 가네샤는 마치 나의 노력에 미소를 짓고 나의 탐구를 격려하는 것 같았지요. 그 모든 기이한 형상들은 돌의 언어로 나에게 말했습니다.

---

* 힌두교에는 수많은 신이 있지만, 가장 중요한 3대 주신은 브라흐마(우주 창조), 비슈누(유지 보존), 시바(파괴)이다.

** 브라흐마의 원: 브라흐마 신과 우주 생성의 상징적 원.
비슈누의 연꽃: 순수함과 정신적 깨달음의 상징.
코브라: 파괴와 재생의 힘을 상징한다.
가네샤: 코끼리 머리와 인간의 몸을 가진 지혜와 행운의 신. 요가의 신으로도 알려져 있다.

'우리는 단지 형상일 뿐이며, 정신이 물질을 움직이게 한다.'

어느 날 티루오나말라이*** 사원의 한 승려에게 그 문제에 관해 내 생각을 털어놓았더니, 그 승려가 엘레판타섬의 동굴****에서 수행 중인 어떤 고행자를 소개해 주더군요. 자기 생각에는 그 사람이야말로 이미 가장 높은 경지에 이른 사람이라면서 말입니다. 나는 그 동굴로 그를 찾아갔습니다. 그리고 거기서 거적때기를 몸에 걸치고 동굴 벽에 몸을 기댄 채 무릎을 턱까지 끌어올리고 정강이 위에서 손깍지를 낀 자세로 꼼짝도 하지 않고 있는 그를 발견했지요. 그의 동공은 뒤집혀 흰자밖에 보이지 않았고, 단단히 굳은 입술은 금방이라도 빠져나올 것 같은 치아 위에 얹혀 있

*** 남인도 타밀나드 주에 있는 유서 깊은 힌두교 성지.
**** 인도 뭄바이 항구 근처의 엘레판타섬에 바위 절벽을 깎아 만든 힌두교 사원과 동굴로, 주로 시바 신을 모시고 있다.

었습니다. 믿을 수 없을 만큼 여위어 불에 탄 가죽처럼 변한 피부가 광대뼈에 찰싹 달라붙어 있었고, 뒤로 넘겨진 머리카락은 여러 갈래로 엉킨 것이 마치 바위틈에서 자라난 넝쿨 줄기 같았습니다. 두 갈래의 물줄기처럼 갈라진 수염은 거의 땅에 닿을 정도로 길었고, 손톱은 독수리 발톱처럼 구부러져 있었지요.

태양은 원래 갈색을 띠고 있던 그의 피부를 태워 현무암처럼 새까맣게 만들었고, 그래서 그의 형체와 색깔은 카노픽 항아리*와 비슷해 보였습니다. 그를 처음 본 순간, 죽은 건 아닌지 의심이 들 정도였습니다. 혹시 관절 경직으로 움직이지 못하는 건지도 모르겠다는 생각에 그의 팔을 흔들어 보고, 내가 영적 수련자로 입문했다는 사실을 알리기 위해 신성한 주문을 그

---

* 고대 이집트인들이 미라를 만들 때, 내장을 보관하기 위해 사용한 항아리. 항아리의 몸통은 일반적으로 원통형이나 병 모양이고, 뚜껑은 특정 신의 머리를 본떠 장식했다.

의 귀에 대고 아주 큰 소리로 외쳤습니다. 하지만 그는 움찔하는 반응조차 보이지 않았습니다. 눈꺼풀조차 꿈쩍하지 않더군요. 뭔가 답을 얻을 수 있으리라는 희망을 거의 포기하고 떠나려 했을 때, 뭔가가 튀는 듯한 이상한 소리가 들렸습니다. 그 순간, 푸르스름한 불꽃이 전광석화처럼 내 눈앞을 휙 스치고 지나가더니, 명상에 빠져 있던 수행자의 약간 벌어진 입술 위에서 잠시 맴돌다 사라졌습니다.

브라흐마 로굼(그 성스러운 인물의 이름입니다)은 마치 혼수상태에서 깨어난 것 같았습니다. 그의 눈동자가 제자리로 돌아왔습니다. 그는 평범한 사람의 눈빛으로 나를 바라보며 내 질문들에 대답해 주었습니다.

자, 그대의 소망은 이루어졌다. 방금 막 영혼을 보았으니. 나는 원하기만 하면 언제든지 나의 영혼을 몸에서 분리할 수 있다. 내 영혼은 빛나는 벌처럼 육신을 드나들며, 오직 수행자들의 눈에만 보인다. 나는 아주 오랜 기간 금식하고, 끊임없이 기도하며, 깊이 명상하고, 스스로를 엄격히 단련한 끝에, 영혼을 구속하는 세속적인 속박을 풀 수 있게 되었다. 그리고 열 개의 화신을 가진 비슈누 신이 다양한 형태의 아바타[19]로 변신하는 길로 인도하는 신비로운 주문을 나에게 계시해 주셨다. 내가 신성한 의식을 행한 뒤 그 주문을 외우면, 그대의 영혼이 빠져나가 내가 지정하는 인간이나 동물의 몸속으로 들어가게 될 것이다. 이제 세상에서 나 혼자만 알고 있는 이 비밀을 그대에게 전해주겠다. 그대가 와주어서 참으로 기쁘구나, 나는 한 방울의 물이 바다로 스며들 듯 창조되지 않은 존재의 품속으로 녹아 들어가기를 간절히 기다리고 있으니.

   그러고 나서 고행자는 죽어가는 자의 마지막 숨결처럼 약하지만 분명한 목소리로 몇 음절을 속삭였습니다.《욥기》에서 말하는 그 작은 전율이 내 등골을 스쳐 지나갔습니다.*"

"무슨 뜻입니까, 박사님?"

옥타브가 외쳤다.

"심오하기 그지없는 당신의 사상을 나로서는 감히 헤아릴 수가 없군요."

"내 말은,"

발타자르 셰르보노 박사가 더없이 차분하게 대답했다.

"나는 아직 내 친구 브라흐마 로굼의 마법의 주문을 잊지 않았고, 만약 옥타브 드 사빌의 영혼이 올라프 라빈스키의 몸 안으로 들어간다 해도, 프라스코비에 백작 부인이 그 사실을 알아차릴 가능성이 거의 없다는 뜻입니다."

---

* 《욥기》4장 12~16절. 욥의 친구 엘리바스가 자신의 신비로운 경험을 언급하는 구절에 나오는 '작은 전율'은 신의 초월적 임재 앞에서 인간이 느끼는 경외와 두려움을 의미한다.

V

발타자르 세르보노 씨는 의사로서뿐만 아니라
기적술사로서 명성이 파리 전역에 퍼지기 시작
했다. 그의 기이한 행동들은 그것이 의도적으로
꾸며낸 것이든 실제이든 사람들의 관심을 끌었
고, 그는 화제의 중심이 되었다. 그러나 그는 흔
히 말하듯 환자를 끌어모으려 애쓰기는커녕, 오
히려 문을 닫아걸거나 기이한 처방과 도저히 지
킬 수 없는 식이요법으로 환자들을 쫓아내려 애
썼다. 그는 가망이 없는 환자들만 받았고, 흉부
질환이나 장염, 부르주아들이 잘 걸리는 장티푸
스열 같은 흔한 질병들은 다른 의사를 찾아가 보
라며 거만하게 되돌려보냈다. 대신, 다른 의사들
이 치료를 포기한 환자들의 경우에는 믿기 힘들
만큼 높은 완치 능력을 보여주었다. 그는 환자
의 침상 옆에 서서 컵에 든 물 위로 마법 같은 손
동작을 취했다. 그러고 나서 몸이 이미 뻣뻣하게

굳고 싸늘해진 채 관에 들어갈 순간만 기다리고 있던 환자에게 그 물을 몇 모금 마시게 하면, 환자는 고통으로 굳어있던 턱이 풀리면서 순식간에 생기와 건강한 혈색을 되찾고, 침대에서 몸을 일으켜 세우고 앉아 이미 무덤의 그림자에 익숙해져 있던 눈에 활기를 띠고 주위를 둘러보았다. 그래서 항간에서는 발타자르 셰르보노를 '죽은 자를 부활시키는 의사'라고 부르기도 했다. 그렇지만 그는 그런 기적적인 치료를 항상 행하지는 않았고, 종종 죽음을 눈앞에 둔 부자들이 어마어마한 액수의 돈을 싸 짊어지고 와도 단칼에 거절했다. 그 대신, 하나밖에 없는 자식을 살려달라고 애원하는 어머니의 고통에 감동하거나, 사모하는 여인의 사랑을 얻지 못해 절망하는 남자의 고통에 마음이 움직이거나, 아니면 그 생명이 예술과 과학, 인류의 진보에 유익하다고 판단될 때만, 그는 죽음이라는 파멸과 싸우겠다는 용단을 내렸다. 그렇게 그는 호흡기 질환으로 목이 조

여 곧 숨이 넘어갈 것 같은 사랑스러운 아기, 폐
결핵 말기에 접어든 가여운 소녀, 알코올 의존증
으로 인한 섬망증에 시달리는 시인, 그리고 뇌출
혈로 쓰러져 자신의 발명품을 몇 삽의 흙과 함께
묻어버릴 뻔했던 한 발명가를 구해냈다. 그는 또
한 자연을 거슬러서는 안 된다고 말하면서, 어떤
죽음들은 그 자체로 이유가 있으며, 그것을 막으
려 하면 우주의 질서에 혼란이 초래될 위험이 있
다고도 했다.

　보다시피, 발타자르 셰르보노 씨는 세상에서
가장 기이한 의사였으며, 불가사의한 의술을 인
도에서 가져온 사람이었다. 그러나 그는 의사보
다는 자기요법 치료사로서 그 명성이 훨씬 더 널
리 알려졌다. 그는 소수의 선택받은 사람들 앞에
서 몇 차례 시범 치료를 선보였는데, 그 시연에
서 일어난 일들은 가능한 것과 불가능한 것에 대
한 모든 개념을 뒤흔들 만큼 놀라운 것이었고,

카글리오스트로*의 기적을 뛰어넘는 것이었다고 전해졌다.

그 의사는 르가르 거리의 오래된 건물 일 층에서 살고 있었다. 그가 사는 집은 복도가 없이 방들이 일렬로 연결되어 있었다. 그러니까, 앞방에서 맨 뒷방으로 가려면 모든 방을 통과해야 하는 옛날식 구조의 집이었다. 높다란 창문들은 검은 나무둥치와 가느다란 녹색 잎을 가진 큰 나무들이 서 있는 정원을 향하고 있었다. 여름이었음에도 불구하고, 강력한 온풍기들이 황동 통풍구를 통해 뜨거운 바람을 쏟아부어 넓은 방들을 열기로 채웠고, 그 덕분에 방 안의 온도는 항상 섭씨 35도에서 40도로 유지되고 있었다. 이는 발타자르 셰르보노 씨가 인도의 불타는 기후에 익숙해져 있었기 때문인데, 그는 마치 중앙아프리카의

---

* 18세기 유럽에서 활동한 이탈리아 출신의 신비주의자이자 점술사, 연금술사, 자칭 의사. 마술, 연금술, 최면술, 신비주의적 치료법 등을 통해 널리 알려졌으며, 당대 사람들 사이에서 기적적인 능력을 지닌 인물로 여겨졌다.

청나일강[20] 상류에서 돌아온 여행자가 카이로에서 추위에 떨 듯, 이 나라의 창백한 태양 아래에서 추위에 떨고 있었다. 그는 마차를 타고 외출할 때도 언제나 마차 문을 꽁꽁 닫고, 시베리아산 파란 여우 모피로 몸을 꽁꽁 감싼 채 끓는 물을 넣은 주석 물통 위에 발을 올려놓았다.

실내에 있는 가구라고는, 말라바르 직물*에 기이한 코끼리와 상상의 새들이 수놓인 나지막한 소파 하나, 실론 원주민들이 투박하게 재단하여 색을 칠하고 금박을 입힌 선반들, 그리고 이국적인 꽃들로 가득한 일본 도자기 꽃병들이 거의 전부였다. 바닥에는 그 집 실내 끝에서 끝까지 검은색과 흰색 무늬가 있는 장례용 매트가 깔려있었는데, 이는 감옥에 갇힌 인도의 사형수들이 죽기 전에 참회의 의미로 짠 것으로, 교수형 밧줄을 만들 때 사용하는 삼과 똑같은 삼으로 만

---

* 인도 남서부에서 생산된 전통적인 면, 실크 직물.

든 것이었다. 그리고 방 한구석에는 대리석이나 청동으로 만든 힌두교 신들이 작은 받침대 위에 다리를 꼬고 앉아있었다. 그 신들은 저마다 아몬드형의 긴 눈, 고리가 끼워진 코, 미소 짓고 있는 두툼한 입술, 배꼽까지 내려오는 진주 목걸이 등과 같이 독특하고 신비로운 신체적 특징을 지니고 있었다. 벽을 따라 캘커타나 러크나우 지역[**]의 화가가 그린 것으로 보이는, 비슈누의 아홉 화신을 묘사한 세밀화들이 걸려있었다. 물고기, 거북, 멧돼지, 인간의 얼굴을 가진 사자, 브라만 난쟁이, 도끼를 든 파라슈라마, 천 개의 팔을 가진 거인 라바나와 싸우는 영웅 라마, 일부 몽상가들이 인도의 그리스도라고 생각하는 기적의 아이 크리슈나. 그리고 위대한 신 마하데비[***]의 숭배자로 묘사된 아홉 번째 화신 붓다. 마지막으

[**]   19세기 당시 인도의 주요 예술 중심지였던 이 두 도시에서는 과슈를 포함한 불투명 수채화 물감을 사용하여 독특한 회화 양식의 그림들이 제작되었다.
[***] 힌두교에서 모든 신을 총칭하는 여신, 혹은 궁극적 여신.

로, 우윳빛 은하 한가운데 똬리를 틀고 있는 다섯 개의 머리가 달린 뱀 위에서 잠들어 있는 비슈누는 날개 달린 흰 말을 타고 나타날 마지막 화신*이 되어 세상의 악을 말발굽으로 내리찍어 완전히 종식시키고 새로운 시대를 열 때를 기다리고 있었다.

가장 안쪽에 있는 방은 다른 방들보다 훨씬 더 뜨거웠는데, 발타자르 셰르보노 씨는 바로 그 방 안에 서 있었다. 산스크리트어 서적들이 그를 빙 둘러싸고 있었다. 글자를 새긴 얇은 나무판들을 구멍을 뚫어 끈으로 엮어놓은 그 책들은 유럽에서 말하는 책이라기보다는 나무 블라인드처럼 보였다. 방 한가운데에는 금박이 가득 들어있는 병들과 손잡이가 달린 유리 원반들을 갖춘 복잡한 구조의 전기 장치가 위협적인 모습을 드러내고 있었고, 그 옆에는 금속 창 하나가 물에 잠겨

---

*   비뉴수의 열 번째이자 마지막 화신 '칼키'를 말한다.

있고 여러 개의 쇠막대가 방사형으로 뻗어 나와 있는 메스머 통[**]이 놓여 있었다. 셰르보노 씨는 결코 사기꾼이 아니었고 연극적인 연출 효과를 노리지도 않았지만, 그럼에도 불구하고 그 기묘한 은신처에 들어서면 먼 옛날 연금술사들의 실험실에서 느꼈을 법한 인상을 어느 정도 받지 않을 수 없었다.

그 의사가 일으킨 기적들에 대해 들어본 적이 있었던 올라프 라빈스키 백작은 믿기지 않으면서도 사실인지 확인해 보고 싶은 호기심이 불타올랐다. 슬라브 민족은 본래 환상적인 것에 쉽게 빠져드는 성향이 있는데, 아무리 수준 높은 교육을 받았다 해도 그런 성향을 완전히 잠재우기는 쉽지 않았다. 게다가 실제로 그 시연회에 참석했던 사람들은, 그 얘기를 전달하는 사람이 아무리 신뢰할 만한 인물이라고 해도 눈으로 직접 보지

[**] 18세기 후반 의사이자 신비주의자인 프란츠 메스머가 최면 치료에 사용했다고 알려진 기구.

않고서는 도저히 믿기 어려운 일들을 증언했다. 그래서 결국 올라프 백작은 그 기적술사를 찾아 가 자기 눈으로 직접 확인해 보기로 했다.

발타자르 셰르보노 박사의 집 안으로 들어섰을 때, 라빈스키 백작은 마치 불길처럼 뜨거운 파도에 휩싸인 듯한 느낌을 받았다. 온몸의 피가 머리로 몰려들고, 관자놀이의 혈관이 쉭쉭거리는 소리를 냈다. 향유가 타오르는 램프들과 거대한 꽃받침을 향로처럼 흔드는 자바섬의 커다란 꽃들이 내뿜는 어지러운 증기와 질식할 듯한 향기에 취해 넋이 나가는 것 같았다. 그는 비틀거리며 셰르보노 박사 쪽으로 몇 걸음 다가갔다. 소파 위에 쪼그리고 앉은 셰르보노 박사는 마치 고행 수도자처럼 기이한 자세를 취하고 있었다. 러시아의 솔티코프 공*이 인도 여행에서 돌아와

---

* 알렉세이 드미트리예비치 솔티코프(1806~1859): 러시아의 외교관이자 화가이며 이란과 인도를 여행한 여행가. 글과 그림을 통해 인도의 다양한 모습들을 생생하게 묘사했다.

생생하게 묘사했던 바로 그 모습이었다. 옷으로 가려져 있지만 날카로운 각도로 접힌 팔과 다리의 윤곽이 고스란히 드러난 자세를 취하고 있는 셰르보노 박사의 모습을 보고 있자면, 마치 거미줄 한가운데 몸을 웅크린 채 꼼짝도 하지 않고 먹잇감을 노리고 있는 인간 거미 같았다. 백작이 나타나자, 셰르보노 씨의 짙고 탁한 황갈색 눈자위 한가운데에서 청록빛 동공이 인광처럼 빛났다가 마치 의도적으로 막을 덮어버리듯 금세 사라졌다. 의사가 올라프를 향해 손을 내밀었다. 올라프의 불편함을 알아차린 그는, 두세 번의 손짓으로 올라프를 봄 공기로 둘러싸며 그 뜨거운 지옥 속에 시원한 천국을 만들어주었다.

　"이제 좀 괜찮아졌습니까? 오랜 세월 극지방의 빙하를 뚫고 밀려오는 발트해의 찬바람에 익숙한 당신의 폐라면, 이런 뜨거운 공기 속에서 대장간의 풀무처럼 헐떡이는 게 당연하겠지요. 그런데 용광로 같은 태양에 한 번 익혀지고, 두 번 구워지고, 세 번 태워진 나는 오히려 몸서리 치며 추위에 떨고 있답니다.”

올라프 라빈스키 백작은 방 안의 열기가 더는 괴롭지 않다는 표시로 가볍게 손을 들어 보였다.

“자, 그럼,”

의사가 친근한 어조로 말했다.

“내 마술에 관해서는 이미 들어보셨겠지요, 그리고 솜씨가 어떤지 눈으로 직접 보고 싶으셨을 테고요. 아, 물론 나는 코무스나 콩트, 보스코*보다 훨씬 뛰어납니다.”

“그렇게 가벼운 호기심으로 당신을 찾아온 건 아닙니다.”

백작이 대답했다.

“그리고 나는 과학계의 거장 중 한 분에게 호기심보다는 존경심을 가지고 있습니다.”

“나는 사람들이 말하는 의미의 그런 학자는 아

---

* 당시에 기적이나 마법처럼 보이는 묘기와 속임수를 보여 준 무대 마술사들.

닙니다. 하지만 과학이 경시하는 것들을 연구하면서, 활용되지 않은 신비한 힘들을 다루게 되었고, 자연스러운 현상임에도 마치 기적처럼 보이는 결과들을 만들어낼 수 있게 되었지요. 오랫동안 주의 깊게 관찰한 끝에, 나는 때때로 영혼을 엿볼 수 있었습니다. 영혼은 나에게 속마음을 털어놓았고, 나는 그 말들을 기억해 두고 이롭게 썼습니다. 물질은 오직 겉모습일 뿐, 정신이 모든 것입니다. 어쩌면 우주는 신의 꿈에 불과하거나, 광대한 공간 속어 퍼져나간 말씀의 빛에 지나지 않는지도 모릅니다. 나는 육신이라는 외피를 내 마음대로 조작하고, 생명을 멈추게도 재촉하게도 하며, 감각을 이동시키고 공간을 지우며, 클로로포름이나 에테르, 그 밖의 어떤 마취제도 없이 고통을 사라지거 합니다. 나는 의지라는 강력한 정신적 에너지로 생명을 불어넣기도 하고 벼락처럼 파괴하기도 합니다. 내 눈앞에서 불투명한 것은 더 이상 아무것도 없습니다. 내 시선은 모든 것을 꿰뚫어 봅니다. 나는 생각이 어디로 어떻게 움직이는지 또렷하게 볼 수 있습니다. 마치 태양의 분광을 스크린에 투사하듯, 사람들의 생각을 나의 보이지 않는 프리즘에 통과시켜 나의 뇌라는 흰 캔버스 위에 투사시킬 수 있지요. 하지만 이 모든 것은, 가장 높은 수준의 금욕과 고행을 거친 인도의 일부 요기들이 이루어내는 기적들에 비하면 아무것도 아닙니다. 우리 유럽인들은 너무 경박하고, 너무 산만하고 너무 천박하며, 흙으로 빚어진 육체라는 감옥에 너무 집착하는 나머지, 영원과 무한을 향해 창을 활짝 열어젖히지 못합니다. 하지만 나는 아주 흥미로운 몇 가지 결과를 얻었습니다. 자, 이제 판단은 당신에게 맡기겠습니다."

발타자르 셰르보노 박사는 그렇게 말하면서, 방 한쪽 깊숙한 곳에 마련된 작은 공간을 가리고 있던 묵직한 커튼을 옆으로 밀어 열었다.

올라프 라빈스키 백작은 담대한 남자였지만,

그럼에도 불구하고 청동 삼발이 화로에서 타오르고 있는 황갈색 불빛 아래 드러난 무시무시한 광경을 보고 소름이 끼쳤다. 검은 대리석 테이블 위에 상반신을 드러낸 젊은 남자가 시체처럼 꼼짝도 하지 않고 누워 있었다. 그의 몸에는 마치 성 세바스티아누스*처럼 여러 개의 화살이 박혀 있었지만, 피는 한 방울도 흐르지 않았다. 마치 벌어진 상처들에 선홍색을 칠하는 것을 깜빡 잊은, 순교자를 묘사한 채색 그림 같았다.

'이 기이한 의사는,'

올라프는 속으로 중얼거렸다.

'시바를 숭배하는 사람일지도 모른다……. 그래서 이 희생자들 자신의 우상에게 바치려는 게 아닐까.'

"아, 이 사람은 고통을 전혀 느끼지 않습니다.

---

* 초기 기독교 순교자로, 황제의 명으로 나무 기둥에 묶여 화살을 맞았지만 기적적으로 살아남아 흑사병의 수호성인이 되었으며, 그의 순교 장면은 르네상스 시대 화가들이 남성 누드화를 그리는 중요한 소재로 활용했다.

안심하고 찔러 보십시오. 얼굴 근육 하나도 꿈쩍하지 않을 겁니다."

그러면서 의사는 바늘꽂이에서 바늘을 빼내듯이 그의 몸에서 화살들을 뽑아냈다.

의사가 손을 몇 번 빠르게 움직이자, 환자는 자신을 가두고 있던 자기장에서 벗어나면서, 마치 행복한 꿈에서 깨어난 듯 입술에 황홀한 미소를 띠었다. 발타자르 셰르보노 박사가 그만 나가 보라는 손짓을 하자, 그는 내실 벽의 작은 나무문 안으로 사라졌다.

"내가 그의 팔이나 다리를 잘라냈다고 해도 그는 전혀 알아차리지 못했을 겁니다."

의사는 주름이 가득한 미소를 지으며 말했다.

"하지만 그렇게 하지 않았습니다. 나는 아직 창조할 능력이 없고, 더구나 인간은 잘려나간 팔다리를 스스로 재생할 만큼 강한 생명력을 지니지 못했으니까요. 그 점에 있어서 인간은 도마뱀보다 열등하지요. 하지만, 창조하지는 못한다 해도, 젊어지게 할 수는 있습니다.”

　그러고 나서 그는 검은 대리석 테이블 근처의 안락의자에 최면에 걸린 듯 잠들어 있는 노부인을 가리고 있던 베일을 걷어냈다. 한때 아름다웠을 얼굴은 시들어 있었고, 세월의 흔적이 그녀의 가늘어진 팔, 어깨, 가슴 윤곽 곳곳에 고스란히 드러나 있었다. 의사는 몇 분 동안 집요한 시선으로 그녀를 바라보았다. 무너져 내렸던 선들이 탄력을 되찾고, 가슴은 맑고 깨끗했던 처녀 시절의 형태를 되찾았다. 앙상하게 꺼져있던 목에 흰빛이 도는 부드러운 살이 채워졌다. 뺨도 복숭아처럼 둥글고 부드러워지면서 싱그러운 젊음으로 가득 차올랐다. 눈은 생기 있게 반짝이며 열렸고, 마치 마법에 의해 노화의 가면이 벗겨진 듯, 오래전에 사라졌던 아름다운 젊은 여인이 모습을 드러냈다.

　“젊음의 샘이 어딘가에서 기적의 물을 흘려보낸 것 같지 않습니까?”

그 변화를 보고 놀라서 얼이 나간 백작에게 의사가 말했다.

"나는 그렇다고 생각합니다. 인간은 아무것도 창조하지 못하며, 인간의 모든 꿈은 예지이거나 기억일 뿐이니까요. 하지만 나의 의지로 잠깐 만들어낸 이런 결과물은 잠시 제쳐두고, 저 구석에서 조용히 잠들어 있는 저 젊은 여자를 불러내봅시다. 그녀에게 물어보세요. 그녀는 피티아와 시빌*보다 더 많은 것을 알고 있습니다. 그녀를 보헤미아에 있는 당신의 일곱 성 가운데 한 곳으로 보내, 당신이 그곳 서랍 안에 비밀스럽게 감춰둔 게 뭐냐고 한 번 물어보세요. 그녀는 즉시 그게 뭔지 알려줄 겁니다. 그녀의 영혼이 그 여행을 하는 데는 단 1초도 걸리지 않으니까요. 그정도는 놀랄 일도 아닙니다. 전기는 1초에 7만 리**를 이동할 수 있습니다. 그러니 전기와 인간

---

*   아폴론의 신탁을 받은 무녀, 예언자.
**   약 28만 킬로미터.

의 사고를 비교하는 것은, 기차와 마차를 비교하는 것과 같지요. 그녀와 교감하기 위해 손을 잡으세요. 굳이 말로 질문하지 않아도, 그녀는 당신의 마음을 읽고 알아낼 것입니다.”

그 젊은 여자는 그림자처럼 생기 없는 목소리로 백작의 마음속 질문에 대답했다.

“삼나무 상자 안에 고운 모래를 흩뿌린 작은 흙덩이가 들어있고, 그 흙덩이 위에는 작은 발자국이 찍혀있어요.”

“이 여인이 정확히 맞췄습니까?”

의사가 최면에 걸린 여자의 말이 틀림없다는 것을 확신한다는 듯이 담담하게 말했다.

백작의 뺨에 눈부신 홍조가 번졌다. 실제로 그는 프라스코비에와 처음 사랑에 빠졌던 시기에 공원의 한 오솔길에 찍힌 프라스코비에의 발자국을 떠와 진주와 은으로 장식된 상자 속에 성물처럼 보관하고 있었으며, 그 상자의 열쇠를 베네치아의 장인이 만든 목걸이에 끼워서 목에 걸고

다녔다.

교양과 배려가 넘치는 발타자르 셰르보노 씨는 당황스러워하는 백작을 보고는 대답을 기다리지 않고, 다이아몬드처럼 투명한 물이 놓여있는 탁자로 그를 데려갔다.

"아마 메피스토펠레스가 파우스트에게 헬렌의 모습을 보여주는 마법의 거울에 대해 들어보신 적이 있을 겁니다. 나는 비단 양말 안에 말발굽을 숨기고 있지도 않고 모자에 수탉 깃털 두 개를 꽂지도 않았지만*, 당신에게 그런 아이들 장난 같은 무해한 기적쯤은 얼마든지 보여드릴 수 있습니다. 이 물그릇 위로 몸을 숙이고, 당신이 불러내고 싶은 사람을 간절히 떠올려 보십시오. 살아있든 죽었든, 가까이 있든 멀리 있든, 이 세상 끝에서든, 아니면 먼 과거의 역사 속에서든,

---

*   괴테의 《파우스트》에 나오는 악마 메피스토펠레스가 인간의 모습으로 나타날 때 가늘고 긴 턱수염과 두 개의 작은 뿔, 박쥐의 날개, 당나귀의 발굽을 가지고 있다는 것을 빗댐.

그 사람은 당신의 부름에 응하며 모습을 나타낼 것입니다.”

백작은 물그릇 위로 몸을 숙였다. 그의 시선이 닿자 물이 곧 흐려지면서 마치 향유 한 방울을 떨어뜨린 것처럼 오팔빛을 띠었다. 무지갯빛 원이 물그릇 가장자리를 둘러싸면서, 희뿌연 안개 아래 이미 윤곽을 드러내기 시작한 형체를 액자처럼 감싸고 있었다.

안개가 걷혔다. 레이스 달린 가운을 입고 에메랄드빛 눈과 금빛 곱슬머리를 지닌 젊은 여인이 나타났다. 그녀의 아름다운 손은 마치 흰 나비가 날 듯 피아노 건반 위를 날아다니고 있었다. 투명한 물속 거울에 비친 그녀의 모습은 모든 화가들이 절망감에 붓을 내던질 정도로 완벽했다. 그녀는 자신도 모르게 백작의 열정적인 부름에 응한 프라스코비에 라빈스카였다.

“자, 이제 조금 더 흥미로운 것으로 넘어갑시다.”

의사는 그렇게 말하면서, 백작의 손을 잡아 메

스머 통의 쇠막대 중 하나 위에 올려놓았다. 손이 번개처럼 강력한 자기력이 흐르는 금속에 닿자마자, 올라프는 마치 벼락에 맞은 듯 그 자리에 쓰러졌다.

의사는 그를 깃털처럼 가볍게 안아 들어 소파에 눕히고 나서 종을 울렸다. 그리고 문간에 나타난 하인에게 말했다.

"옥타브 드 사빌 씨를 찾아 데려오세요."

VI

고요한 저택 안뜰에 마차 달려오는 소리가 들리고, 거의 동시에 옥타브가 의사 앞에 모습을 드러냈다. 셰르보노 박사는 얼이 빠진 모습으로 서 있는 옥타브에게 긴 소파 위에 죽은 듯한 모습으로 누워 있는 올라프 라빈스키 백작을 보여주었다. 처음에 옥타트는 살인 사건이 일어났다고 생각하고 공포에 질려 잠시 말을 잃었다. 하지만 더 주의 깊게 살펴보고 난 뒤, 눈치채지 못할 만큼 아주 미세하게 그 젊은 남자의 가슴이 오르내리고 있는 것을 알아차렸다.

"자,"

의사가 말했다.

"변신할 준비는 다 되어있습니다. 바뱅[21]에서 빌린 도미노 망토보다는 입기가 조금 까다롭겠지만, 베로나*의 발코니 위로 기어 올라가는 로

---

* 〈로미오와 줄리엣〉의 배경인 이탈리아 도시.

미오는 목이 부러질지도 모른다는 걱정 따위는 하지 않았지요. 위쪽 방에서 줄리엣이 밤의 베일을 두른 채 자신을 기다리고 있다는 것을 알고 있으니까요. 그리고 프라스코비에 라빈스카 백작 부인은 캐풀렛 가문의 딸에게 조금도 뒤지지 않지요.”

　기이한 상황에 혼란을 느낀 옥타브는 아무 말 없이 계속 백작만 바라보고 있었다. 살짝 뒤로 젖힌 머리를 쿠션 위에 얹은 백작의 모습은 고딕 양식의 회랑에서 볼 수 있는, 자신들의 무덤 위에 누워있는 기사들의 조각상, 뻣뻣하게 굳은 목 아래 대리석 베개를 받치고 있는 그 석상들을 연상시켰다. 옥타브는 자기가 곧 영혼을 빼앗게 될 그 아름답고 고결한 얼굴을 보면서, 자기도 모르게 희미한 양심의 가책을 느꼈다. 옥타브가 멍하니 생각에 잠겨있는 것을 보고, 의사는 그가 망설이고 있는 거라고 생각했다. 의사의 입가에 경멸 섞인 미소가 슬쩍 스쳐 지나갔다.

"결심이 서지 않는다면,"

의사가 말했다

"백작을 깨울 수도 있습니다. 그러면 백작은 나의 자기력에 감탄하며 집으로 돌아가겠지요. 하지만 잘 생각하세요, 이런 기회는 두 번 다시 오지 않을 수도 있으니까요. 물론 나는 당신의 사랑에 깊은 관심이 있고, 유럽에서는 한 번도 시도된 적 없는 실험을 해보고 싶은 욕망도 큽니다. 하지만 이 영혼 교환에는 그에 상응하는 위험이 따른다는 사실 역시 숨기지 않겠습니다. 가슴에 손을 얹고 자신의 마음에 물어보십시오. 정말로 이 마지막 카드에 당신의 목숨을 걸겠습니까? 성경에서 말하기를, 사랑은 죽음처럼 강하다고 했습니다."

"준비되었습니다."

옥타브가 짧게 대답했다.

"좋습니다, 젊은 친구!"

의사는 그렇게 외치고는, 마치 불을 피우려 하

는 원시인들처럼 거친 갈색 손을 믿을 수 없을 정도로 빠르게 비볐다.

"아무것도 두려워하지 않는 그 열정이 마음에 드는군요. 이 세상을 살아가는 데 필요한 건 딱 두 가지입니다. 열정과 의지. 만약 영혼이 바뀐 뒤에도 당신이 행복해지지 않는다면, 그건 당신의 열정과 의지 때문일 뿐 내 책임은 아닐 겁니다.

아! 나의 오랜 벗 브라흐마 로굼이여, 인드라*의 하늘 깊은 곳에서 아스파라**들이 관능적인 합창으로 그대를 둘러싸고 있을 때, 그대가 그 미라 같은 몸을 버리고 떠나면서 내 귀에 속삭여 준 그 저항할 수 없는 주문, 내가 그것을 잊었다고 생각하지 말라. 그대의 말과 몸짓, 나는 그 모든 것을 다 기억하고 있으니. 자, 이제 실행에 옮길 때가 왔다! 시작하자!

----

* 인도 신화에서 천둥과 번개의 신, 신들의 왕.
** 인도 신화에 나오는 천상의 요정. 뛰어난 미모와 춤 솜씨로 신들을 기쁘게 하거나 인간을 유혹하고 즐거움을 주는 관능적이고 매혹적인 존재.

지금부터 우리는 북쪽의 추악한 마법이 아니라 맥베스의 마녀들처럼 우리의 가마솥에서 기묘한 요리를 만들 것입니다.*** 내 앞에 있는 이 안락의자에 앉으십시오. 그리고 나의 힘을 온전히 믿고 몸을 맡기십시오. 좋습니다! 눈과 눈을 마주하고, 손과 손을 맞대세요. 이미 주문이 작용하고 있습니다. 시간과 공간에 대한 감각이 사라지고, 자아의식이 흐려지며, 눈꺼풀이 내려온다. 근육은 더 이상 뇌로부터 명령을 받지 못해 이완되고, 생각은 잠들어가며, 영혼을 몸에 묶어두고 있던 미세한 끈들이 모두 풀어진다. 창조의 신 브라흐마는 일만 년 동안 황금알**** 속에서 꿈을 꾸고 있는 동안에도 외부 세계와 결코 단절되지

*** 셰익스피어의 〈맥베스〉에 등장하는 마녀들은 인간의 운명을 예언하고 욕망과 야망을 자극하여 인간이 스스로 선택하게 하는 반면, 고대, 중세 유럽 문학에서 북유럽이나 스칸디나비아식 마법은 사람의 생명이나 육체를 해치거나 억압하는 사악하고 위험한 존재로 그려진다.
**** '황금알에서 태어난 자'로도 불리는 힌두교 신 브라흐마가 태어난 최초의 알.

않았도다. 이제 그를 향기로운 기운으로 가득 채우고, 빛의 물결로 감싸주리니."

의사는 끊임없이 뭔가를 중얼거리면서도 손짓을 멈추지 않았다. 그의 뻗은 손에서 뿜어져 나오는 빛줄기들이 환자의 이마나 가슴을 향해 날아가자, 환자 주위로 점차 눈에 보이는 공기가 형성되면서 후광처럼 빛을 발했다.

"좋아, 아주 잘했어!"

발타자르 셰르보노 박사는 자신이 해낸 일에 스스로 만족하며 말했다.

"내가 원하는 대로 되었어. 그런데 저기, 저기서 끝까지 버티고 있는 저건 뭐지?"

그는 잠시 말을 멈추고, 옥타브의 두개골 속을 들여다보며 이제 곧 소멸하려는 인격의 마지막 저항을 읽어낸 듯 외쳤다.

"뇌 회로에서 쫓겨나면서도 생명의 중심인 원초적 단자에 바짝 들러붙은 채 나의 힘을 피하려 하는 이 발칙한 생각은 대체 뭐지? 내가 반드시 붙잡아 굴복시키고 말겠어."

이 돌발적인 반항을 제압하기 위해, 의사는 시선의 자기력을 한층 더 강하게 끌어올려, 소뇌 밑바닥과 척수 연결부가 만나는 지점, 즉 영혼의 가장 은밀하고 신비로운 성소에 숨어있는 반항적인 생각을 찾아 정확히 조준했다. 그리고 그는 완벽한 승리를 거두었다.

그는 이제 곧 시도하게 될 전례 없는 실험을 위해 경건하고 위엄있게 자신을 가다듬었다. 마법사처럼 아마포로 만든 가운을 걸치고, 향수로 손을 씻은 뒤, 여러 상자에서 가루를 꺼내 볼과 이마에 성스러운 문양을 그려 넣고, 브라흐마의 매듭끈*을 팔에 감고, 두세 구절의 신성한 시구를 읊었다. 또한 엘레판타 동굴의 산냐시**가 알

려준 복잡한 의식을 하나도 빠뜨리지 않았다.

이 의식이 끝난 뒤, 그는 벽난로의 화구를 활짝 열어젖혔다. 방안은 이내 불타는 듯한 공기로 가득 찼다. 그 열기는 정글 속 호랑이들을 기절시키고, 버팔로의 거친 등가죽을 뒤덮고 있던 진흙 갑옷을 쩍쩍 갈라놓으며, 거대한 알로에꽃이 폭발하듯 피어날 정도였다.

"이제 곧 육체라는 껍질에서 잠시 벗어나게 될 두 개의 신성한 불꽃이 차가운 공기 때문에 약해지거나 꺼져서는 안 돼."

의사는 그렇게 말하면서 섭씨 49도를 가리키고 있는 온도계를 바라보았다.

그 두 무기력한 육신 사이에서 흰옷을 입고 서 있는 발타자르 셰르보노 박사는 마치 신의 제단에 살아있는 인간을 제물로 바치는 잔혹한 제사장처럼 보였다. 그는 하인리히 하이네가 어떤 발라드에서 언급한 멕시코의 잔혹한 신 비츨리푸츨리*의 제사장을 연상시켰지만, 그의 의도는 분명 그보다 훨씬 평화로운 것이었다.

그는 여전히 움직이지 않는 올라프 라빈스키 백작에게 다가가, 말로 표현할 수 없는 괴상한 한 음절을 발음한 뒤, 깊이 잠든 옥타브에게도 재빨리 그 음절을 되풀이했다. 평소에는 기이해 보이기만 하던 셰르보노 박사의 얼굴이 그 순간만큼은 더없이 장엄하고 위엄이 넘쳐 보였다. 그가 가진 힘의 위대함이 평소에 무질서하던 얼굴마저 고결해 보이게 만들었다. 누군가가 이 신비로운 의식을 제사장처럼 엄숙하게 수행하는 그의 모습을 보았다면, 그가 호프만이 즐겨 그렸던 그런 풍자적이고 기이한 의사[22]와 같은 부류라는 사실을 전혀 알아보지 못했을 것이다. 저절로 연필을 집어 들고 짓궂은 캐리커처를 그려보고 싶

---

* 하이네의 시 〈비츨리푸츨리〉(1851년): 이 시에서 하이네는 아즈텍 신화에 나오는 전쟁의 신이자 태양신인 비츨리푸츨리 신을 등장시켜 피로 얼룩진 멕시코의 제사 풍습과 스페인 정복자들을 풍자적으로 묘사하고 있다.

게 만드는 그런 부류 말이다.

그때, 정말 이상한 일들이 일어났다. 옥타브 드 사빌과 올라프 라빈스키 백작이 동시에 마치 죽음을 눈앞에 둔 마지막 경련처럼 몸을 부르르 떨었다. 두 사람의 얼굴이 일그러지고 입가에 거품이 약간 일었다. 살갗은 핏기가 완전히 가셔 마치 죽은 사람처럼 창백했지만, 그들의 머리 위에는 각각 떨리듯 흔들리는 자그마한 푸른빛이 희미하게 반짝이고 있었다.

그들이 가야 할 길을 허공에 그려주는 듯한 의사의 번개 같은 손짓을 따라 두 개의 인광이 움직이기 시작하더니, 빛의 궤적을 뒤에 남기면서 새로운 거처를 향해 갔다. 마침내 옥타브의 영혼은 라빈스키 백작의 몸을 차지했고, 백작의 영혼은 옥타브의 몸속으로 들어갔다. 그로써 영혼 교환이 완벽하게 이루어졌다.

두 사람의 뺨에 붉은 기가 살짝 돌았다. 그것은 몇 초 동안 영혼이 떠나 점토 인형에 불과했

던 그들의 몸 안에 생명이 다시 들어왔음을 알려
주는 증표였다. 발타자르 셰르보노 박사의 힘이
아니었더라면, 그 육체들은 검은 천사의 먹잇감
이 되었을 터였다.

셰르보노 박사의 푸른 눈동자가 성공의 기쁨
으로 불타올랐다. 그는 방안을 성큼성큼 거닐면
서 중얼거렸다.

"히포크라테스, 갈레노스, 파라켈수스, 반 헬
몬트, 부르하베, 트롱생, 하네만, 라소리* 같은 명
망 높은 의사들도, 고장 난 인간의 시계를 겨우
임시변통으로 수리해 놓은 것에 자부심을 느꼈
을 뿐이지 않은가. 하지만 인도의 어느 파고다
계단에 쪼그리고 앉아 있는 초라한 파키르조차
도 당신들보다 천 배는 더 많은 것을 알고 있다!
정신을 지배할 수 있다면, 시체나 다름없는 육체

---

* 16~18세기 그리스, 스위스, 벨기에, 네덜란드, 독일, 이탈리
아의 의사들로, 고전 의학과 근대 의학 발전에 지대한 영향
을 미쳤다.

따위가 무슨 대수란 말인가!"

의식을 성공적으로 끝마친 발타자르 셰르보노 박사는 기쁨에 겨워 몇 번이나 껑충껑충 뛰었고, 솔로몬 왕의 《아가》에 나오는 산*처럼 춤을 추었다. 심지어 브라만 의상의 주름에 발이 걸려 코를 박고 넘어질 뻔하기도 했는데, 이 작은 사고가 그를 현실로 돌아오게 했고, 그제야 그는 평정심을 되찾았다.

"잠들어 있는 자들을 깨워야지."

셰르보노 박사는 얼굴에 칠한 줄무늬 분장을 닦고 브라만 의상을 벗은 뒤 그렇게 말하고는, 옥타브의 영혼이 깃든 라빈스키 백작의 몸 앞에 서서 그를 최면 상태에서 깨우기 위한 손동작을 취했다. 의사가 손가락에 실린 에너지를 털어내듯 흔들 때마다 잠든 육체가 조금씩 깨어났다.

---

* 《아가》에서 연인이 사랑하는 사람을 만나기 위해 산을 뛰어넘고 언덕들을 달려오는 장면을 인용한 것. 산은 실제로 움직이지 않지만, 사랑의 기쁨과 생동감이 너무 강렬해서 산조차 춤추는 것처럼 느껴지는 것을 의미한다.

몇 분이 지난 뒤, 옥타브-라빈스키(이야기에 혼돈을 주지 않기 위해 이제부터 우리는 그를 이렇게 부를 것이다)가 소파에서 일어나 앉았다. 그는 손으로 눈을 몇 번 문지르고 나서, 자아의식이 아직 완전히 깨어나지 않은 놀란 눈으로 주변을 두리번거렸다. 사물을 똑바로 지각할 수 있게 되었을 때 그가 제일 처음 발견한 것은 또 다른 소파 위에 누워있는 또 다른 자신의 형상이었다. 그는 자기 자신을 보고 있었다! 거울에 비친 것이 아니라, 실제로 존재하는 또 다른 자신을! 그는 비명을 질렀다. 그런데 그 소리마저 자신의 목소리가 아니었다. 그는 공포를 느꼈다. 그가 자기장 최면 상태에 있는 동안 영혼 교환이 이루어졌기 때문에 그는 아무것도 기억하지 못했고, 그래서 알 수 없는 불안과 혼란에 휩싸였다. 그의 생각은 새로운 신체 기관에 의해 작동되고 있었다. 그것은 마치 익숙한 연장을 빼앗기고 낯선 연장을 대신 지급받은 노동자와 흡사했다. 익숙하지 않은 환경에 놓인 영혼은 불안한 날개를 퍼덕이며 낯선 두개골의 천장을 두드렸고, 낯선 생각의 흔적들이 아직 남아있는 뇌의 미로 속에서 길을 잃었다.

"자,"

의사는 옥타브-라빈스키가 놀라는 광경을 충분히 즐긴 뒤 입을 열었다.

"새 거처가 마음에 드십니까? 당신의 영혼은 매력적인 기사이자 장군이며 영주이자 대귀족인 남자의 몸 안에 제대로 자리를 잡았습니까? 세상에서 가장 아름다운 여인의 남편이 된 기분이 어떤가요? 내가 당신을 처음 만났을 때, 생 라자르 거리의 그 쓸쓸한 집에서 당신이 품고 있던 계획처럼 그대로 죽어가고 싶다는 생각은 더 이상 들지 않겠지요? 이제는 라빈스키 저택의 문이 모두 당신에게 활짝 열려있고, 사랑을 고백하려 할 때 살비아티 별장에서처럼 프라스코비에가 당신의 입을 손으로 막을까 두려워하지 않아도 되니까요! 보시다시피, 이 늙은 발타자르 셰르보노는 원숭이 같은 얼굴을 가지고 있지만, 원하면 언제든 다른 얼굴로 바꿀 수도 있고, 그의 꾀주머니 속에는 여전히 꽤 괜찮은 비법들이 들어 있답니다!"

"의사 선생님."

옥타브-라빈스키가 대답했다.

"당신은 신의 권능을 가졌거나 아니면 적어도 악마의 힘을 가졌군요."

"아! 아니, 두려워하지 마십시오, 여기에 사악한 의도는 전혀 없으니까. 당신의 안전은 내가 보장하겠습니다. 나는 계약서에 붉은 잉크로 서명하게 하려는 거 아니니까요.* 방금 일어난 일은 아주 간단하고 쉬운 것입니다. 빛을 창조한 신이 영혼 하나쯤 옮기는 건 일도 아니죠. 시간과 무한을 초월해 신의 말씀에 귀를 기울일 수만 있다면, 맹세컨대 인간들은 아마도 아주 많은 놀

---

*   유럽 문학에서 붉은 잉크나 붉은 서명은 흔히 악마와의 계약 또는 위험하거나 금지된 계약을 상징한다.

라운 일들을 해낼 수 있을 겁니다.”

　“값을 헤아릴 수 없는 이 은혜를 어떤 감사와 헌신으로 보답할 수 있을지 모르겠군요.”

　“당신은 나에게 아무것도 빚진 것이 없습니다. 나는 그저 당신이 흥미로웠을 뿐입니다. 이리저리 떠돌며 온 세상의 태양에 그을리고 온갖 풍파로 단련된 나 같은 늙은 방랑자에게는 감동할 만한 일이 그리 흔치 않습니다. 당신은 나에게 진실한 사랑을 보여주었습니다. 그리고 아시다시피, 조금은 연금술사이고, 조금은 마법사이고, 조금은 철학자이기도 한 우리 같은 몽상가들은 어느 정도 절대적인 가치를 추구하니까요. 자, 이제 일어나서 움직여 보십시오. 걸어보세요. 그리고 새로운 몸이 불편하지는 않은지 살펴보십시오.”

　옥타브-라빈스키는 의사의 지시대로 방안을 몇 바퀴 걸었다. 얼마 지나지 않아 몸이 한결 자연스러워졌다. 비록 다른 영혼이 깃들어 있었지만, 백작의 몸은 여전히 옛 습관들을 그대로 간직하고 있었고, 새로 들어온 '손님'은 이러한 신체적 기억에 자신을 맡겼다. 그로서는 쫓겨난 주인의 걸음걸이와 태도, 몸짓을 익히는 것이 무엇보다 중요했기 때문이다.

"조금 전에 당신들의 영혼을 내 손으로 직접 옮기지 않았더라면,"

의사는 웃으며 말했다.

"나는 오늘 하루도 다른 날들과 다름없이 아무 일도 일어나지 않았다고 생각하며 당신을 합법적인 진짜 리투아니아 백작 올라프 라빈스키라고 생각했을 겁니다. 백작의 자아는 아직도 저쪽에, 당신이 경멸하듯 내팽개친 그 번데기 속에서 잠들어 있는데도 말입니다. 하지만 곧 자정을 알리는 종소리가 울릴 테니, 프라스코비에에게 늦게 돌아왔다고 꾸지람을 듣거나 당신이 아내보다 랑스케네트나 바카라*를 더 좋아한다는 책망

---

* 둘 모두 카드 도박 게임.

을 듣지 않도록 어서 가 보세요. 부부 생활을 다툼으로 시작해서는 안 됩니다. 그것은 불길한 징조가 될 테니까요. 그동안 나는 당신의 옛 육신을, 그 몸이 마땅히 받아야 할 모든 주의와 배려를 기울여 깨우겠습니다."

옥타브-라빈스키는 의사의 말이 일리가 있다고 인정하고, 서둘러 그 집을 나섰다. 현관 계단 아래에는 백작의 밤색 명마들이 초조하게 발굽을 굴리며 그를 기다리고 있었다. 말들이 재갈을 씹어대고 있어서 앞쪽 포석 바닥이 거품으로 허옇게 뒤덮여 있었다. 젊은 주인의 발소리가 들리자, 지금은 사라진 헝가리 하이두크* 출신의, 근사한 녹색 제복을 입은 마차 수행원이 급히 달려와 요란한 소리를 내며 마차 발판을 내렸다. 옥타브는 처음에는 아무 생각 없이 자신의 소박한 브로엄 마차 쪽으로 향했으나, 곧바로 정신을 차

---

* 발칸 반도와 헝가리 전역에서 오스만제국에 저항하던 민병대.

리고는 방향을 바꿔 차체가 높고 장식이 화려한 쿠페에 올라타고는 마차 수행원에게

"저택으로!"

라고 말했고, 마차 수행원은 그 지시를 마부에게 전달했다. 마차 문이 채 닫히기도 전에 말들이 앞발을 높이 치켜들며 출발했고, 알망조르와 아졸랑**의 위풍당당한 계승자는 그 큰 체구로는 믿기 힘들 정도로 재빠르게 등자에 발을 걸고 말에 올라탔다.

그런 속도로 달리는 말에게 르가르 거리에서 생토노레 외곽까지는 지척이나 마찬가지여서, 불과 몇 분 만에 목적지에 다다랐다. 마부가 스텐토르*** 같은 목소리로 외쳤다.

"문 여시오!"

**   알망조르는 몰리에르 희곡 〈잘난 체하는 아가씨들〉에 등장하는 하인 이름이고, 아졸랑은 라클로의 〈위험한 관계〉에 등장하는 주인공 발몽의 사냥꾼이다. 여기서 그들의 계승자는 마차 수행원을 가리킨다.

***   트로이 전쟁 당시 그리스 진영의 전령. 목소리가 엄청나게 크고 우렁찼다.

수문장이 두 개의 거대한 문을 밀어젖히자, 마차는 문을 지나 모래가 깔린 넓은 안뜰로 들어가서, 흰색과 분홍색 줄무늬가 진 차양 바로 아래 한 치의 오차도 없이 정확하게 멈춰 섰다.

　사람이 긴박한 상황에 처하면 한 번의 눈길만으로 많은 것을 파악할 수 있듯이, 옥타브-라빈스키도 그런 눈길로 안뜰을 빠르게 훑어보았다. 엄청나게 넓은 안뜰은 대칭을 이룬 건물들로 둘러싸여 있었다. 저 옛날 부친토로*를 장식하던 등불과 흡사한 청동 가로등들의 수정등 안에서는 가스 불꽃이 하얀 혀처럼 치솟으며 빛을 발했다. 그곳은 저택이라기보다는 거의 궁전 같은 분위기를 풍겼다. 베르사유궁전의 테라스에 어울릴 법한 오렌지나무 상자**들이, 고운 모래를 카펫처럼 깔아놓은 중심부를 테두리처럼 두르고

---

* 　매년 도시와 바다의 결합을 기리는 축제에서 베니스 총독이 타던 배 이름.
** 　베르사유궁전 정원에서 겨울철에도 오렌지나무가 얼지 않도록 유리로 만든 특수 용기.

있는 아스팔트 가장자리를 따라 일정한 간격으로 놓여있었다.

문턱에 발을 올리는 순간, 그 가련한 연인은 잠시 걸음을 멈추고 걷잡을 수 없이 쿵쿵대는 심장을 달래기 위해 가슴에 손을 얹어야 했다. 그는 확실히 올라프 라빈스키 백작의 몸을 가지고 있었지만, 그 뇌가 담고 있던 모든 지식은 이전 주인의 영혼과 함께 사라져 버렸다. 이제 그 자신의 것이 되어야 할 이 집은 그에게 낯설기만 했고, 내부 구조도 전혀 알지 못했다. 그의 눈앞에 계단이 나타났다. 그는 무턱대고 그 계단을 따라 올라갔다. 혹시 길을 잘못 들었다 해도, 그것쯤은 잠시 딴생각을 하느라 그렇게 된 거라고 둘러댈 생각이었다.

반들거리도록 닦아놓은 돌계단이 눈부시게 하얀빛을 발하면서, 금빛 구리 막대들에 고정된 넓은 카펫 러너의 풍성한 붉은색을 한층 더 돋보이게 해주고 있었다. 그 카펫은 계단 아래에서부터 폭신한 길을 그리듯 꼭대기까지 이어졌고, 층계를 따라 줄줄이 놓여있는 화려한 이국의 꽃 화분들이 계단을 올라가는 사람과 함께 한 계단 한 계단 따라 올라가는 듯했다.

구멍 뚫린 격자무늬의 거대한 등불이 술과 매듭으로 장식된 굵은 자줏빛 비단 줄에 매달려 있었다. 그 등불의 빛이 대리석처럼 희고 매끈하게 마감된 회반죽 벽 위로 황금빛 물결을 수놓으면서, 카노바 유파에서 가장 뛰어난 조각가 중 한 사람이 카노바의 작품을 재현해 만든 〈프시케를 끌어안는 에로스〉[23]에 한 덩어리의 빛을 드리우고 있었다.

계단의 층계참 바닥은 화려한 타일이 정교하게 모자이크되어 있었고, 벽면에는 파리스 보르도네, 보니파치오, 팔마 일 베키오, 파올로 베로네세[24]의 그림 네 점이 비단 끈에 매달려 있었는데, 그 조형적이고 장중한 화풍은 웅장하고 화려한 계단과 조화를 이루고 있었다.

그 층계참에는 고급 모직 천에 금빛 징을 박아 장식한 높다란 둔이 살짝 열려 있었다. 옥타브-라빈스키가 그 문을 밀고 들어가자, 엄청나게 넓은 전실*이 나타났다. 화려한 제복을 입은 하인 몇몇이 그곳에서 꾸벅꾸벅 졸고 있다가, 그가 다가가자 마치 용수철이 튀어 오르듯 벌떡 일어나, 동양의 노예처럼 무표정한 얼굴로 벽을 따라 줄지어 섰다.

그는 계속 걸어갔다. 전실에 이어 흰색과 금색으로 꾸며진 접견실이 나왔다. 그곳에는 아무도 없었다. 옥타브는 초인종을 당겼다. 하녀 한 사람이 나타났다.

"부인께서 지금 나를 만나주실 수 있겠는가?"

"부인께서는 지금 옷을 갈아입고 계시답니다. 잠시 기다리시면 만나 뵐 수 있으실 겁니다."

---

*   궁전이나 귀족의 저택에서 주실(접견실, 침실 등)로 들어가기 전에 손님이나 하인들을 대기시키는 용도의 방.

VII

올라프 라빈스키 백작의 영혼이 들어간 옥타
브 드 사빌의 몸과 단둘이 남게 된 발타자르 셰
르보노 박사는 생명을 잃은 듯한 그 몸을 일상
적인 삶으로 되돌려놓기 위한 작업을 시작했
다. 박사가 신비로운 몸짓과 손짓을 몇 차례 하
자, 소파에 뻣뻣하게 누워 꼼짝도 하지 않고 있
던 올라프-드 사빌(올라프 라빈스키의 영혼과 옥타
브 드 사빌의 몸으로 새로 탄생한 이 아바타를 지칭하
기 위해 편의상 이런 식으로 두 이름을 조합해 부르기
로 하겠다)이 죽음 같은 깊은 잠, 아니, 그를 사로
잡고 있던 강직 상태에서 유령처럼 빠져나왔다.
그는 소파에서 반사적으로 몸을 일으켜 세웠지
만, 아직 완전히 가시지 않은 현기증으로 비틀
거렸다.

　주위의 사물들이 흔들렸고, 비슈누의 화신들
이 벽을 따라 사라방드[25] 춤을 추었다. 셰르보노

박사는 엘레판타 동굴의 고행자 모습으로 나타나, 마치 새의 날개처럼 팔을 흔들어대고, 돋보기 렌즈의 동심원들처럼 갈색 주름살들이 눈자위에 만들어낸 동그라미들 속에서 파란 눈동자를 떼굴떼굴 굴렸 다. 자기장 최면에 빠져들기 전에 목격했던 기묘한 광경들이 이성을 뒤흔들고 있어서, 올라프-드 사빌은 쉽게 현실로 되돌아오지 못했다. 그는 마치 악몽에서 갑자기 깨어난 사람처럼, 흩어져 있는 옷가지를 유령으로 착각하고, 촛불에 비친 커튼의 구리 장식들을 외눈박이 괴물의 불타는 눈이라고 생각했다.

그 환영들이 점차 사라지고 모든 것이 본래의 모습을 되찾았다. 발타자르 셰르보노 박사는 더 이상 인도의 고행자가 아니라, 의례적인 친근한 미소로 환자를 대하는 평범한 의사로 돌아와 있었다.

"영광스럽게도 백작님 앞에서 시연해 드린 몇 가지 실험이 마음에 드셨는지 모르겠군요."

의사는 깍듯이 예의를 갖춘 듯하면서도 빈정거림이 느껴지는 말투로 말했다.

"백작님이 오늘 저녁 시간을 크게 후회하지 않으시고, 기존의 과학계가 주장하는 것처럼 자기학과 자기장 최면술에 관한 모든 것이 허구나 마술이 아니라는 점을 확신하고 돌아가시길 바랄 뿐입니다."

올라프-드 사빌은 수긍한다는 뜻으로 고개를 끄덕이고 나서, 문을 지날 때마다 그에게 허리를 깊이 숙여 인사하는 하인들과 발타자르 셰르보노 박사의 안내를 받으며 그 집에서 나왔다.

브로엄 마차가 계단을 스칠 듯 바짝 다가와 멈췄다. 라빈스카 백작 부인의 남편의 영혼은 그것이 자신의 마차도 자신의 마부도 아니라는 사실을 거의 의식하지 못한 채 옥타브 드 사빌의 몸으로 마차에 올라탔다.

마부가 어디로 갈 건지 물었다.

"집으로."

올라프-드 샤틀은 그 목소리의 주인공이 당연히 자신의 마차 수행원이라고 생각했지만, 왠지 목소리가 낯설어 어리둥절해하면서 대답했다. 평소에 그의 수행원은 강한 헝가리 억양으로 그 질문을 건넸기 때문이었다. 게다가 그의 쿠페는 금장 단추가 박힌 고급 새틴으로 누벼져 있었는데, 지금 올라프-드 사빌이 올라탄 브로엄의 실내는 짙은 파란색 다마스크 천으로 장식되어 있었다. 백작은 그러한 차이에 놀라면서도, 꿈속에서 평소의 물건들이 전혀 다른 모습으로 나타나지만 여전히 알아볼 수 있는 것처럼 그것을 받아들였다. 하지만 자신의 몸도 평소보다 더 작아진 것 같았다. 그뿐만 아니라, 의사를 만나러 갔을 때는 분명히 격식을 제대로 갖춘 옷차림이었는데, 옷을 갈아입은 기억이 전혀 없는데도 가벼운 여름용 소재의 겉옷을 입고 있었다. 그건 그의 옷장에 한 번도 걸려있었던 적이 없는 옷이었다. 그의 정신은 알 수 없는 불편함을 느꼈다. 아침까지만 해도 그렇게 정신이 맑고 또렷했건만, 지금은 생각조차 제대로 정리가 되지 않았다. 그는 이처럼 이상한 상태를 저녁에 보았던 기묘한 광경들 탓으로 돌리며 더 이상 신경 쓰지 않았다. 그러고는 마차 안 모서리에 머리를 기대고, 떠다니는 듯한 몽상에 빠져들었다. 그것은 깨어 있는 것도, 잠을 자는 것도 아닌, 어렴풋이 선잠이 든 것 같은 상태였다.

말이 갑자기 멈추고 마부가

"다 왔습니다!"

라고 외치는 소리에 그는 정신을 차렸다. 그는 마차 창문을 내려 고개를 밖으로 내밀고는, 환한 가로등 불빛에 드러난 어느 낯선 장소, 자기 집이 아닌 어떤 집을 보았다.

"맙소사, 이 멍청아, 날 어디로 데려온 거야?"

그가 소리쳤다.

"여기가 정말 생토노레 외곽의 라빈스키 저택이 맞아?"

"죄송합니다, 주인님. 제가 그만 착각을 한 것 같습니다."

마부는 방금 들은 장소로 말머리를 돌리면서 웅얼거리듯 말했다. 목적지를 향해 가는 동안, 영혼이 뒤바뀐 백작은 머리를 이리저리 굴려보았지만, 아무리 해도 답을 찾을 수 없었다. 그가 분명히 기다리라고 경령했는데, 어째서 그의 마차가 그를 기다리지 않고 사라진 걸까? 그뿐만 아니라, 그는 왜 자신의 마차가 아닌, 생전 처음 보는 이 마차를 타고 있는 걸까? 그는 추측해 보았다. 아마도 가벼운 열로 인해 그의 인지력이 흐려진 것일 수도 있고, 아니면 마법사 같은 그 수상한 의사가 자신의 마법을 더 확실하게 믿게 하려고 그가 잠들어 있는 동안 해시시 같은 환각제를 마시게 한 것인지도 몰랐다. 그런 거라면, 하룻밤 푹 자고 나면 환영이 사라지고 맑은 정신으로 되돌아올 것이다.

마차가 라빈스키 저택에 도착했다. 문을 열라

는 소리를 들은 수문장이 달려 나와 오늘 밤에는 접견이 없으며, 백작님은 한 시간도 더 전에 집에 돌아오셨고, 백작 부인도 이미 부인의 처소로 들어가셨다고 말하면서 문을 열어주지 않으려고 했다.

"이상한 일도 다 있군, 자네, 술에 취한 건가 아니면 정신이 살짝 돈 건가?"

올라프-드 사빌은 그렇게 말하면서, 반쯤 열려있는 문간에 우뚝 버티고 서 있는 그 거인을 떠밀었다. 엄청나게 덩치가 큰 그 수문장은 마치 아랍 이야기들에서 방랑 기사들이 마법의 성 안으로 들어가지 못하도록 가로막고 있는 청동 조각상처럼 보였다.

"취하거나 미친 건 내가 아니라 당신인 것 같은데, 이 쪼그만 신사 양반."

본래 불그스레하게 혈색이 돌던 얼굴이 분노로 파랗게 변하면서 수문장이 대꾸했다.

"뭐, 뭐라고! 이 천하에 못된 놈!"

올라프-드 사빌은 고함을 질렀다.

"내 체면만 아니라면……"

"입 닥치시지, 안 그랬다간 당신을 내 무릎 위에 올려놓고 두 동강 내어 길바닥에 내던져버릴 테니까."

그 거인은 리숀리외 거리의 장갑 가게에 전시된 거대한 석고 손보다 더 크고 무지막지해 보이는 손을 펼쳐 보이며 말했다.

"샴페인 두어 병 마셨다고 나한테 함부로 까불면 안 되지, 이 쪼그만 신사 양반."

화가 머리끝까지 난 올라프-드 사빌이 수문장을 어찌나 거칠거 떠밀었던지, 그 거인이 뒷걸음치며 현관 지붕 다래까지 떠밀려 들어갈 정도였다. 아직 잠자리에 들지 않았던 하인 몇 명이 다투는 소리를 듣고 달려왔다.

"넌 해고야, 주인도 못 알아보는 짐승만도 못한 놈. 천하에 몹쓸 놈 같으니라고. 내일 아침까지 기다릴 필요도 없이 당장 이 집에서 나가. 당

장 꺼지란 말이다. 안 그러면 미친개를 때려잡듯
네 놈을 때려죽일 테니까. 내 손에 네 놈의 더러
운 피를 묻히게 하지 마.”

자신의 몸을 빼앗긴 백작은 눈이 붉게 충혈되
고 입가에 거품을 문 채, 주먹을 불끈 움켜쥐고
거대한 수문장을 향해 달려들었다. 그러자 수문
장은 그의 두 손을 한 손에 움켜잡더니, 마치 중
세 시대 고문관의 손처럼 굵고 짧은 데다 살이
두툼하고 옹이가 진 투박한 손가락으로 그 두 손
을 거의 으스러질 정도로 비틀었다.

“자, 그만 진정하시죠.”

생긴 것과는 달리 마음씨 좋은 거인이 더 싸울
뜻이 없다는 듯이 상대방을 붙잡고 몇 차례 툭툭
다독이며 말했다.

“예의를 아실 만한 신사분께서 이렇게 막무가
내로, 그것도 자정이 넘은 시간에 지체 높으신
분의 저택에 찾아와 이런 식으로 난동을 부리다
니, 이건 있을 수 없는 일이죠. 독한 술을 너무 많

이 드셨나? 하지간 아무리 술에 취했어도 곱게 취하셔야지! 자, 당신을 패대기치지 않고 얌전하게 길에 내려놓겠소. 하지만 길에서도 계속 난동을 부리면 순찰대가 와서 당신을 잡아갈 거요. 하긴, 유치장 공기를 좀 마시면 정신이 맑아질지도 모르지.”

“이 몹쓸 놈들아!”

올라프-드 사뷜이 하인들을 향해 외쳤다.

“너희는 너희들의 주인인 이 고귀한 라빈스키 백작이 저 버러지 같은 작자에게 모욕당하는 것을 보고도 모른 척하는 거냐!”

‘라빈스키 백작’이라는 말에 하인들이 한꺼번에 배꼽을 잡고 웃음을 터뜨렸다. 온몸을 들썩이며 발작적으로 웃어대는 바람에, 그들의 가슴에 달린 금장 단추들이 마구 흔들렸다.

“이 쪼그만 양탄이 뭐라는 거야? 자기가 라빈스키 백작이라고?! 으하하하! 하하하! 히히히! 히히히! 미쳐도 단단히 미쳤군!”

올라프-드 사빌의 관자놀이가 식은땀으로 축축해졌다. 어떤 생각이 강철 칼날처럼 날카롭게 그의 뇌리를 스쳐 지나갔다. 그는 온몸이 뼛속까지 얼어붙는 것을 느꼈다. 스마라[*]가 그의 가슴을 무릎으로 짓누르고 있는 것일까? 지금 그가 현실 세계에 살아있기는 한 것일까? 그의 이성이 끝 모를 자기장의 바닷속으로 가라앉아 버린 것일까? 그게 아니면 그 자신이 어떤 사악한 계략의 놀잇감이 되어버린 것일까? 그 앞에서 항상 두려움에 떨며 한없이 순종적이던 그의 하인들 가운데 그 누구도 그를 알아보지 못했다. 그의 옷과 마차가 바뀐 것처럼 그의 몸을 누군가가 바꿔놓은 것일까?

"당신이 라빈스키 백작님이 아니라는 걸 당신 눈으로 직접 확인하고 싶다면,"

그 무리 가운데 가장 당돌한 하인이 말했다.

---

[*]   19세기 프랑스 작가 샤를 노디에의 환상소설 〈스마라 혹은 밤의 악마들〉에 나오는 악령.

"저기를 보시지 그래. 백작님이 현관 계단을 내려오고 계시니까. 당신이 아닌 밤중에 홍두깨처럼 소란을 피워 백작님이 직접 이리로 내려오시는 거란 말이야."

올라프-드 사빌은 수문장에게 붙잡힌 채로 시선을 돌려 저 멀리 안뜰을 쳐다보았다. 현관 차양 아래 한 젊은 남자가 서 있었다. 그 남자는 훤칠한 키에 체형이 늘씬하고 우아했고, 타원형 얼굴에 검은 눈과 오뚝한 콧날, 그리고 세련된 콧수염을 기르고 있었다. 그 사람은 다름 아닌 백작 그 자신이었다. 아니면, 악마가 만들어낸 그를 닮은 환영이었을까, 그 남자는 착각을 불러일으킬 만큼 그와 닮아 있었다.

수문장이 올라프-드 사빌의 손을 놓아주었다. 하인들은 일사불란하게 벽 쪽으로 가서 줄지어 섰다. 그들은 마치 페르시아 황제 앞의 근위병들처럼 시선을 나리깔고 숨을 죽인 채 차렷 자세를 취하고 있었다. 그들은 진짜 백작을 술 취한 사람으로 취급하면서 정작 그가 받아야 할 복종과 예우를 그 허깨비에게 바치고 있었다.

프라스코비에의 남편은 슬라브인답게 용맹하기 이를 데 없는 사람이었지만, 이 메내크미*의 출현에는 말로 표현할 수 없는 공포를 느꼈다. 연극 속의 쌍둥이와 달리 섬뜩하게 느껴지는 그 존재는 현실 세계에 끼어들어 누가 누구인지 분간할 수 없게 만들고 있었다.

자신의 가문에서 전설처럼 전해 내려오는 이야기가 머릿속에 떠오르자, 그의 공포는 더욱 증폭되었다. 라빈스키 가문 사람 중에 누군가가 죽음이 임박하게 되면 그 사람과 똑같이 생긴 환영이 나타나 그의 죽음을 미리 알려준다는 것이었다. 북방 민족들 사이에서는, 설령 꿈속에서라도 자신의 분신을 보는 것은 아주 불길한 징조로 여

---

* 고대 로마의 유명한 희극작가 플라우투스의 희곡. 쌍둥이 형제가 어린 시절 헤어진 뒤 서로의 존재를 모른 채 서로를 오해하며 벌어지는 해프닝을 그린 희곡.

겨져 왔다. 그는 코카서스의 전장을 누빈 용맹한 전사였지만, 눈앞에 나타난 자신과 똑같이 생긴 그 환영을 보고 미신적인 공포에 사로잡히지 않을 수 없었다. 평소라면 발사 직전의 대포 포신 안으로 서슴없이 팔을 집어넣을 만큼 두려움을 모르던 그였지만, 자신의 환영 앞에서는 저절로 뒷걸음질이 쳐졌다.

옥타브-라빈스키는 백작의 영혼이 분노로 몸부림치며 떨고 있는 자신의 옛 형체를 향해 다가갔다. 그러고는 예의를 갖춘 듯하면서도 냉담한 말투로 말했다.

"점잖으신 분이 제 하인들과 쓸데없이 실랑이를 벌이고 계시는데, 그럴 필요 없습니다. 라빈스키 백작과의 대화를 원하신다면 평일 정오부터 오후 두 시 사이에 찾아오시면 됩니다. 백작부인과의 접견을 원하신다면 목요일에만 가능합니다. 물론 미리 방문 약속이 되어있는 손님에 한해서요."

가짜 백작은 한 음절 한 음절에 무게를 실어 아주 천천히 말한 뒤, 침착한 걸음으로 그 자리를 떠났고, 그의 등 뒤로 문이 다시 닫혔다.

올라프-드 사빌은 그 자리에서 정신을 잃고 쓰러졌다. 하인들이 그를 마차로 옮겼다. 정신이 돌아왔을 때, 그는 한 번도 들어와 본 적이 없는 방 안에서 자기가 쓰던 침대와는 전혀 다른 침대에 누워있었다. 침대맡에는 생전 처음 보는 하인이 그의 머리를 받쳐 들고 에테르 병을 그의 코밑에 갖다 대고 향을 맡게 하고 있었다.

"주인님, 좀 괜찮으십니까?"

장이 백작을 자기 주인이라 여기고 물었다.

"괜찮아,"

올라프-드 사빌이 대답했다.

"잠시 기운이 빠졌던 것뿐이야"

"주인님, 이만 물러가도 되겠습니까? 아니면 제가 옆에서 돌봐드려야 할까요?"

"아니야, 혼자 있고 싶어. 대신 나가기 전에 거

울 옆에 촛불을 켜주게나.”

“그러면 불빛 때문에 잠을 제대로 못 주무실 텐데요?”

“상관없어, 게다가 잠이 올 것 같지도 않고.”

“제가 자지 않고 밤새 대기하고 있겠습니다. 필요한 게 있으시면 언제든 종을 울리세요. 종소리를 듣는 즉시 달려올 테니까요.”

장은 백작의 창백하고 일그러진 얼굴을 보고 속으로 걱정하며 말했다.

장이 촛불을 켜고 물러가자, 백작은 급히 거울 앞으로 달려갔다. 그리고 불빛이 어른거리는 수정 거울 속에서, 온화하면서도 슬퍼 보이는 젊은 남자의 얼굴을 보았다. 풍성한 검은 머리카락, 짙푸른 눈동자, 창백한 뺨, 그리고 부드러운 갈색 비단 같은 수염이 난 얼굴. 그것은 그의 얼굴이 아니었다! 그 얼굴은 거울 안쪽에서 놀란 표정으로 그를 바라보고 있었다. 처음에 그는 어떤 악의적인 장난꾸러기가 구리와 자개로 상감 장식한 베네치아 거울의 틀 사이로 그 가면을 끼워 넣은 것이라고 믿으려 애썼다. 거울 뒤쪽을 손으로 더듬어 보았지만, 손끝에 닿은 것은 나무판자뿐이었다. 그곳에는 아무도, 아무것도 없었다.

그는 자신의 손을 더듬어 보았다. 손은 전보다 더 여위고, 더 길고, 핏줄이 도드라져 있었다. 약지에는 은은하게 반짝이는 석영이 박힌 커다란 금반지가 불룩 솟아있었다. 반지 머리에는 붉은색과 은색의 가로무늬 방패 문장이 새겨져 있고, 그 위에 남작 작위를 나타내는 꼬임 장식이 얹혀 있었다. 그 반지는 결코 백작의 것이 아니었다. 백작의 문장은 황금 바탕에 날개를 펼친 검은 독수리로, 부리와 발톱, 다리까지 전부 검은색이었으며, 그 위에는 진주가 박힌 관이 얹혀있었다. 그는 주머니를 뒤져보았다. 그리고 거기서 명함 몇 장이 들어있는 작은 지갑 하나를 찾아냈다. 명함에는 이런 이름이 적혀있었다.

옥타브 드 사빌

라빈스키 저택에서 그를 조롱하며 웃어대던 하인들, 그의 눈앞에 나타난 그의 분신, 거울 속에 자기 얼굴 대신 나타난 낯선 얼굴, 그런 것들은 백번 양보해서 뇌에 문제가 생겨 일어난 일시적인 착각이었다고 생각할 수도 있었다. 하지만 자기가 전혀 입어본 적이 없었던 이 옷, 자신의 손가락에서 빼낸 이 반지는 부인할 수 없는 명백한 물질적 증거였다. 그 자신도 모르는 사이에 완전한 변신이 그에게 일어난 것이었다. 마법사, 아니 어쩌면 악다가 그의 모습과 지위와 신분, 이름과 인격까지 모두 빼앗아 가버린 게 분명했다. 그에게 남겨진 것은 드러낼 방법 없는 영혼뿐이었다.

〈페터 슐레밀의 신기한 이야기〉*와 〈새해 전야 이야기〉[26]가 그의 머릿속에 떠올랐다. 그러나 라 모테 푸케**와 호프만의 등장인물들의 경우, 한 인물은 자신의 그림자를, 다른 한 인물은 자신의 반영만을 잃었을 뿐이었다. 그리고 모든 사람이 가지고 있는 자신의 그림자나 반영을 그처럼 기이하게 빼앗긴 것이 불안한 의심을 불러일으킬 수는 있었지만, 적어도 아무도 그들을 보고 그들 자신이 아니라고 부정하지는 않았다.

그가 처한 상황은 훨씬 더 참담했다. 이런 모습으로는 아무리 자기가 라빈스키 백작이라고 주장한다 해도 누구 하나 믿어주지 않을 게 분명했다. 세상의 모든 사람에게 그는 뻔뻔한 사기

---

* 독일 낭만주의 작가 샤미소의 장편소설. 주인공이 자신의 그림자를 악마에게 팔아버려 사회적 소외와 존재 상실을 겪는 이야기.

** 프리드리히 데 라 모테 푸케(1777~1843): 독일 낭만주의 작가, 물의 정령에 관한 동화 〈운디네〉로 유명하며, 북구 신화와 기사도를 다룬 작품으로 당대 인기를 얻었다. 여기서 고티에는 〈페터 슐레밀의 신기한 이야기〉의 저자를 라 모테 푸케로 착각하고 있다.

꾼, 아니면 미친 사람으로밖에 보이지 않을 터였다. 이렇게 뒤바뀐 모습으로는 그의 아내조차도 그를 알아보지 못할 것이다. 어떻게 하면 자기가 진짜 백작이라는 것을 증명할 수 있을까? 물론, 두 사람 사이의 내밀한 추억들, 다른 사람들은 전혀 모르는 둘만의 비밀들이 있었고, 프라스코비에게 그 일들을 상기시킨다면 이처럼 달라진 모습에서도 남편의 영혼을 알아볼지도 몰랐다. 하지만 설령 그가 남편이라는 것을 그녀가 확신하게 된다 해도, 그녀 외에는 아무도 그가 그라는 것을 믿어주지 않을 텐데, 그 한 사람의 확신만으로 다른 모든 이들을 어떻게 설득할 수 있을까? 그는 분명히 실질적으로 그리고 확실하게 자신의 자아를 빼앗겨 버렸다. 또 다른 불안이 그를 사로잡았다. 그는 단지 키와 얼굴 생김새 같은 겉모습만 바뀐 것일까, 아니면 실제로 그가 다른 사람의 몸 안에 들어간 것일까? 만약 그렇다면 그의 몸은 어디로 간 것인가? 석회 가

마에 넣고 완전히 불태워 없애버린 걸까, 아니면 어느 대담한 도둑이 그의 몸을 차지한 것일까? 라빈스키 저택에서 언뜻 보았던 그 분신은 유령이나 환영일 수도 있었지만, 살아있는 물질적 존재일 수도 있었다. 바로 그 인도 고행승 같은 얼굴의 의사가 악마의 농간을 부려 그의 몸을 훔쳐간 것일지도 몰랐다. 끔찍한 생각이 독사의 송곳니처럼 그의 심장을 물어뜯었다.

"하지만, 그 가짜 라빈스키 백작, 악마의 계략으로 내 모습을 한 그 존재, 지금 내 저택에 들어앉아 내 하인들을 자신의 수족처럼 부리고 있는 그 흡혈귀가, 어쩌면 바로 이 순간, 그 갈라진 발*을 그 방 문턱에 올려놓고 있을지도 모른다. 내가 늘 첫날 밤처럼 가슴 설레며 들어서던 그 방에. 그 방에서 프라스코비에는 부드럽게 미소 지으며 성스러운 홍조를 띤 그 매혹적인 얼굴을 악

---

* 염소나 말의 발굽처럼 갈라진 발은 고대 신화에서 악마의 상징으로 여겨졌다.

마의 발톱이 찍힌 그자의 어깨에 기대고, 나 대신 그 허깨비, 그 브루콜라크**, 그 엠푸사***, 추악한 밤과 지옥의 아들을 사랑하고 있는지도 모른다. 지금 당장 저택으로 달려가 불을 지르고, 타오르는 불길 속에서 프라스코비에에게 이렇게 외친다면 어떨까.

"당신은 지금 속고 있어! 지금 당신이 품에 안고 있는 자는 당신이 사랑하는 올라프가 아니야! 당신은 아무것도 모른 채 끔찍한 죄를 저지르게 될 것이고, 내 절망한 영혼은 그 죄를 영원히 기억할 거야. 영겁의 시간이 지쳐서 모래시계를 뒤집는 손을 멈춘 뒤에도!"

불타는 파도가 백작의 뇌리를 덮쳤다. 그는 말로 표현할 수 없는 분노의 비명을 내질렀고, 주먹을 깨물며 방안을 들짐승처럼 어슬렁거렸다.

** 그리스 신화에서 악마의 힘으로 되살아난 시체, 즉 흡혈귀 또는 악령적 존재.
*** 그리스 로마 신화에 나오는 변신 능력을 지닌 흡혈귀.

희미하게 남아있던 자아의식조차 광기에 휩쓸려 사라져 버릴 것 같았다. 그는 옥타브의 세면대로 달려가 대야에 물을 채우고 머리를 집어넣었다. 차가운 물에서 머리를 꺼내자 김이 모락모락 피어올랐다.

그는 냉정을 되찾고 생각했다. 마법과 주술의 시대는 이미 지나갔다. 오직 죽음만이 몸에서 영혼을 풀어줄 수 있다. 수백만 프랑을 로스차일드*에 예탁해 둔 폴란드 백작이, 최고의 가문들과 혈연관계를 맺고 있고, 사회적 지위와 미모와 지성을 모두 갖춘 매력적인 아내에게 사랑받으며, 일등급 성 안드레 훈장**까지 받은 인물이, 파리 한복판에서 이런 식으로 사라지는 건 있을 수 없는 일이다. 아마도 이것은 발타자르 셰르보노 씨의 심술궂은 장난일 뿐이며, 앤 래드클리프[27]

---

* 유럽 출신의 국제 금융 가문으로, 18세기 이후 세계 금융사에서 큰 영향력을 가진 은행과 투자 네트워크를 운영해온 가문.

** 러시아 제국 시절 최고의 기사 훈장 중 하나.

소설 속 허수아비처럼 이 모든 것도 결국 허상에 불과할 것이다.

그는 몸을 가누기 힘들 정도로 지쳐있었기 때문에 옥타브의 침대에 몸을 던지고 죽음과도 같은 무겁고 깊은 잠에 빠져들었다. 주인이 깨어 있다고 생각한 장이 방에 들어와 편지와 신문을 탁자 위에 올려놓을 때까지도 그 잠은 계속되고 있었다.

VIII

눈을 뜬 백작은 탐색하듯 주위를 두리번거렸다. 그가 누워있는 침실은 안락하긴 했지만 아주 소박했다. 바닥에는 표범 가죽처럼 생긴 얼룩무늬 카펫이 깔려있었다. 태피스트리 커튼이 창문에 드리워져 문들을 가리고 있었는데, 장이 방금 막 그 커튼을 반쯤 열어젖혔다. 벽은 부드러운 벨벳 같은 초록색 벽지로 도배되어 있었다. 벽에는 시계 숫자판을 백금으로 만든 검은 대리석 괘종시계가 걸려있었고, 그 아래 청회색 줄무늬가 물결치는 하얀 대리석 벽난로 선반 위에는 '가비의 디아나*'를 바르브디엔[28]이 축소 제작한 작은 은제 조각상과 역시 은으로 된 고풍스러운 잔 두 개가 함께 올려져 있었다. 전날 백작이 자신이

---

* 고대 로마 근처 가비에서 발견된, 휘장을 두른 여성 조각상으로, 사냥의 여신 디아나(그리스 신화에서는 아르테미스)를 묘사한 작품.

전혀 낯선 남자의 모습을 하고 있다는 것을 확인했던 그 베네치아 거울과, 플랑드랭[29]이 그린, 아마도 옥타브의 어머니인 듯한 노부인의 초상화가 그 방에서 찾아볼 수 있는 몇 안 되는 장식품이었다. 방 분위기는 다소 쓸쓸하고 엄숙했다. 벽난로 근처에는 긴 소파와 볼테르 스타일의 안락의자[**]가 있었고, 서랍이 달린 책상 위에는 책과 종이들이 어지럽게 흩어져 있었다. 전체적으로 편안하게 꾸며져 있긴 했지만, 호화로운 라빈스키 저택과는 전혀 다른 분위기였다.

"주인님, 일어나시겠습니까?"

장은 옥타브가 병상에 누워 지내는 동안 습관이 된 조심스러운 목소리로 물으며, 주인이 아침에 일어나 갈아입을 컬러 셔츠, 발목까지 오는 플란넬 바지, 알저리식 실내 가운을 백작에게 내

[**] 18세기 프랑스에서 유행한, 편안하고 실용적이면서도 우아한 디자인의 팔걸이 의자로, 프랑스 철학자 볼테르가 즐겨 사용했다고 해서 붙여진 이름.

밀었다. 백작은 낯선 사람의 옷을 입는 것이 내키지 않았지만, 벌거벗은 채로 있을 수는 없어서 장이 내민 옷을 받아들 수밖에 없었다. 그는 침대 발치에 깔린 검고 부드러운 곰 가죽 위에 발을 내려놓았다.

그의 몸단장은 금방 끝났다. 장은 가짜 옥타브 드 사빌 옷 입는 것을 도와주는 동안 그의 정체를 조금도 의심하는 기색 없이 물었다.

"아침은 몇 시에 드시겠습니까?"

"평소대로."

백작이 대답했다. 그는 자신의 진짜 모습을 되찾기 위한 계획에 지장이 없도록, 도저히 이해할 수 없는 자신의 변신을 겉으로라도 받아들이기로 마음먹었다.

장이 물러갔다. 올라프-드 사빌은 실낱같은 정보라도 얻을 수 있지 않을까 기대하면서, 장이 신문들과 함께 가져다 놓은 두 통의 편지를 열었다. 첫 번째 편지는 친구의 우정 어린 질책과 이

유 없이 소원해져 버린 두 사람의 관계를 한탄하는 내용이었다. 그러나 발신인은 그로서는 전혀 알 수 없는 이름이었다. 두 번째 편지는 옥타브의 공증인이 보낸 것으로, 이미 오래전에 만기가 지난 연금액을 찾아가거나, 그렇지 않으면 놀리고 있는 그 자금을 다른 곳에 투자할 수 있도록 투자처를 지정해 달라고 재촉하는 내용이었다.

"흠,"

백작은 혼자 중얼거렸다.

"내 의지와 상관없이 내가 옥타브 드 사빌이라는 자의 몸에 들어와 있긴 하지만, 어쨌든 이 자는 실제로 존재하는 사람이 분명하군. 아힘 폰 아르님나 클레멘스 브렌타노*의 환상 속 인물이 아니야. 그는 집과 친구가 있고, 공증인, 연금 수령권까지, 현실에 존재하는 사람으로서 법적,

———

* 19세기 독일 낭만주의 문학을 이끈 작가들. 이들의 가장 큰 업적은 1805년에서 1808년 사이에 3권으로 공동 편집 출간된 독일 민요집《소년의 마술피리》이다.

사회적 조건을 모두 갖추고 있어. 하지만 그렇다고 해도 나는 분명히 올라프 라빈스키 백작인 것 같은데."

하지만 백작은 거울을 한 번 쳐다보고는, 그 사실을 아무도 믿어주지 않을 거라고 확신했다. 환한 대낮이건 흐릿한 촛불 아래서건, 거울에 비친 모습은 여전히 똑같았다.

그는 집안을 이리저리 둘러보다가 책상 서랍들을 열어보았다. 한 서랍 안에서 부동산 권리증, 천 프랑짜리 지폐 두 장, 그리고 금화 오십 루이를 발견했다. 계획을 실행에 옮기려면 돈이 필요했기 때문에, 그는 그것들을 주저 없이 주머니에 넣었다. 또 다른 서랍에서는 잠금장치가 채워진 러시아산 가죽 서류첩을 발견했다.

장이 들어와 알프레드 움베르트 씨가 방문했다고 알렸다. 그 손님은 하인이 주인의 답을 전하러 올 때까지 기다리지도 않고 오랜 친구처럼 거리낌없이 방으로 뛰어들었다.

"잘 지냈나, 옥타브."

방으로 들어온 잘생긴 청년이 다정하고 허심 탄회한 어조로 말했다.

"그래, 뭐 하고 지내? 어떻게 지내고 있냐고. 살아있는 거야, 죽은 거야? 자넬 봤다는 사람이 아무도 없어. 편지를 보내도 답이 없고. 무심한 자네가 얄밉긴 하지만 우정 앞에서 자존심 따위를 내세우고 싶긴 않아. 그래서 이렇게 먼저 악수를 청하러 왔제. 제기랄! 대학 동기를 마치 유스테 수도원에 있는 카를 5세의 독방* 같은 이런 어두침침한 방 안에 처박혀 우울증으로 죽게 내버려 둘 수는 없잖아. 자넨 몸이 아프다는 핑계로 허구한 날 혼자 지루한 시간을 보내고 있지. 하지만 내가 억지로라도 즐겁게 만들어주겠네. 귀스타브 랭보의 자유로운 독신 생활이 끝나는

---

* 신성로마제국의 황제이자 스페인의 왕 카를 5세는 황제 직위를 아들 펠리페 2세에게 물려주고 스페인의 유스테 수도원으로 들어가 작은 방에서 은둔생활을 했다.

날을 기념해 친구들끼리 모여 점심 식사를 같이 하기로 했어. 그래서 내가 자네를 끌고 가기 위해 이렇게 납시었지."

그는 화난 표정을 지으면서도 말은 익살스럽게 하면서 백작의 손을 잡고 영국식으로 힘차게 흔들었다.

"미안하네."

프라스코비에의 남편이 자기가 맡은 역할에 몰입하며 대답했다.

"오늘은 평소보다 몸이 더 안 좋다네. 억지로 가보았자 분위기를 우울하게 만들고 불편만 끼칠 것 같아."

"정말로 얼굴에 핏기가 하나도 없는 게 몸이 많이 안 좋은 것 같군. 어쩔 수 없지, 푹 쉬다가 몸이 좋아지면 보세나! 난 이만 가보겠네. 녹색 굴 세 다스와 소테른와인 한 병을 내가 책임지기로 했는데 아직 준비하지 못했거든."

알프레드가 문 쪽으로 향하며 말했다.

"자네가 나타나지 않으면 랭보가 많이 서운해 할 거야."

그 친구의 방문으로 백작은 더한층 가슴이 미어질 것 같았다. 장은 그를 주인으로, 알프레드는 그를 친구로 여겼다. 이제 마지막 시련이 남아 있었다. 문이 열리자, 은실을 섞어 땋은 머리를 단정하게 감아올린, 벽에 걸린 초상화와 놀랄 만큼 닮은 모습의 부인이 방 안으로 들어왔다. 그녀는 소파에 앉으며 백작에게 말했다.

"그래, 몸은 좀 어떠니, 불쌍한 우리 옥타브? 네가 어젯밤에 아주 늦게 돌아왔는데, 힘이 하나도 없어 보였다고 장이 말해주더구나. 사랑하는 아들아, 무엇보다 건강이 최고란다. 무리해선 안돼. 네가 나한테 절대로 털어놓지 않으려 하는 그 까닭 모를 슬픔 때문에 나 역시 마음이 너무 아프단다. 내가 너를 얼마나 사랑하는지 알고 있지 않니."

"걱정하지 마세요, 어머니. 별일 아니에요."

올라프-드 사빌이 대답했다.

"오늘은 훨씬 나아졌습니다."

그 말을 듣자, 사빌 부인은 안심했다는 듯 자리에서 일어나 방을 나갔다. 사실, 아들이 혼자 있고 싶어 한다는 걸 잘 알고 있었기 때문에 일부러 자리를 피해준 것이었다.

"이제 나는 빼도 박도 못 하게 옥타브 드 사빌이 되어버렸구나!"

노부인이 떠난 뒤, 백작은 외쳤다.

"그의 어머니는 나를 보고도 아들의 껍데기 속에 낯선 영혼이 들어있다는 사실을 전혀 눈치채지 못했어. 그렇다면 나는 영원히 이 껍데기 속에 갇혀 벗어나지 못할 수도 있겠는걸. 다른 사람의 몸 안에 갇힌 영혼이라니, 참으로 괴이한 감옥이로구나! 백작 올라프 라빈스키로서의 자신을 포기하고, 자신의 문장과 아내와 재산을 모두 잃은 채 부르주아나 다를 바 없는 초라한 하급 남작으로 살아간다는 것은 생각만으로도 고통스러운 일이다. 아, 나는 네소스의 옷[*]처럼 내 영혼에 들러붙은 이 가죽을 찢어버리고, 여기서 빠져나오고 말겠다. 그리고 발기발기 찢어진 이 껍질을 본래의 주인에게 돌려주리라. 이대로 저택으로 돌아가면 어떻게 될까? 이런 병약한 몸으로는 아무것도 할 수가 없겠지. 자, 정신을 차리고 생각해 보자, 더 열심히 찾아보자. 이제는 내가 되어버린 이 옥타브 드 사빌이라는 인물의 삶을 조금이나마 알아야 하니까."

그렇게 말하며 그는 잠금장치가 채워진 가죽 서류첩을 열어보려 했다.

우연히 건드른 스프링이 풀리자, 백작은 서류첩 안에서 언뜻 보면 까만 종이처럼 보일 만큼 가늘고 작은 필체의 글씨가 빽빽하게 채워진 종이 몇 장을 꺼낸 다음, 이어서 양피지 한 장을 꺼

---

[*]   그리스 신화에서 반인반마 네소스가 죽기 직전 헤라클레스의 아내 데이아네이라에게 남긴 독 피가 묻은 옷. 헤라클레스는 이 옷을 입고 극심한 고통 속에서 죽는다.

냈다. 그 양피지에는 솜씨가 그다지 뛰어나지는 않았지만 기억 속의 이미지를 충실하게 연필로 재현해 놓은 초상화가 그려져 있었는데, 누가 보더라도 그 그림의 주인공이 누구인지 한눈에 알아볼 수 있을 정도로 실제 모습과 너무도 닮아 있었다. 그건 바로 프라스코비에 백작 부인이었다! 위대한 화가들조차 인물화를 그릴 때 항상 그처럼 실물을 빼다 박은 듯이 그려내지는 못할 것이다.

그 그림을 본 백작은 아연실색하지 않을 수 없었다. 그리고 놀라움이 가시자, 걷잡을 수 없는 질투심이 일어났다. 어떻게 이 낯선 청년의 서류첩 속에 백작 부인의 초상화가 들어있을 수 있는가? 이것은 어디서 난 것이며, 누가 그렸고, 누가 준 것인가? 내가 그토록 숭배하며 여신처럼 떠받들었던 프라스코비에가 천상의 사랑을 내던지고 저속한 연애질을 하고 있었던 것일까? 그토록 지고지순하다고 믿어온 그 여인에게 애인이 있었다니, 그리고 그녀의 남편인 그가 그녀 애인의 몸에 들어가 있다니, 이 무슨 잔인하기 그지없는 조롱이란 말인가! 원래 남편이었던 그가 이제 애인이 되어야 한다니! 이 아이러니한 변신, 미칠 것 같은 상황의 반전! 그 자신마저 자기가 누구인지 헷갈리는 일이 일어날 수도 있었다. 그는 클리탕드르*인 동시에 조르주 당댕**일 수도 있었다!

그런 온갖 생각들이 그의 머릿속에서 요란하게 소용돌이쳤다. 금방이라도 이성이 달아나버릴 것 같았지만, 그는 조금이라도 평정심을 되찾기 위해 남아있는 의지력을 있는 대로 그러모았다. 그리고 점심이 준비되었다고 알리는 장의 말

---

*   프랑스 극작가 코르네유의 초기 희곡작품 제목이자 중심 인물로, 클리탕드르는 여러 남성의 관심을 받는 순수한 칼리스트를 사랑하지만 그녀에게 거절당한다.

**   몰리에르의 희곡 〈조르주 당댕〉(1668년). 부르주아 출신 남자가 귀족 부인과 결혼하지만, 부인은 남편인 그를 조롱하며 바람을 피운다.
    (*여기서 '클리탕드르'는 아내의 불륜 상대를, '조르주 당댕'은 바람 난 아내에게 조롱당하는 남편을 의미한다.)

을 귓등으로 흘리며, 부들부들 떨리는 몸과 마음을 진정시키려 애쓰면서 그 비밀스러운 서류첩의 내용물을 계속 살펴보았다.

그 종이들에는 심리 상태를 적어놓은 일기 같은 것이 쓰여 있었는데, 오랜 기간에 걸쳐 썼다가 중단하기를 반복하며 이어져 있었다. 백작은 불안한 호기심을 느끼며 그것을 탐독했다. 그 일부를 옮겨보면 이러했다.

그녀는 결코 나를 사랑하지 않을 것이다. 결코, 결코! 나는 너무도 온화한 그녀의 눈빛 속에서 너무도 잔혹한 말을 읽었다. 단테가 '비탄의 도시' 입구의 청동 문에 새겨넣기 위해 찾아낸 가장 가혹한 말이 바로 그것이 아니었던가. "모든 희망을 버려라.[30]" 내가 신에게 무슨 잘못을 저질렀기에 이렇게 산채로 지옥에 떨어졌단 말인가? 내일도, 모레도, 앞으로 영원히 내 운명은 변함이 없을 것이다. 별들이 궤도를 이

탈하고, 별자리들이 뒤엉켜 매듭을 이룬다 해
도, 내 운명은 전혀 바뀌지 않을 것이다. 그녀는
한마디 말로 내 꿈을 산산조각냈고, 한 번의 몸
짓으로 내 환상의 날개를 부러뜨려 버렸다. 불
가능한 일을 가능하게 만들기 위해 아무리 꾀
를 내어 모든 경우의 수를 따져보고 추론해 본
들, 나에게는 아무런 가능성도 없다. 행운의 수
레바퀴 속에 던져진 숫자 적힌 공을 수십억 번
꺼낸다 해도, 거기서 내 행운의 숫자는 절대로
나오지 않을 것이다. 나를 위한 당첨 번호는 처
음부터 아예 없었으니까!

　아, 나는 얼마나 불행한가! 낙원의 문이 나에
게 굳게 닫혀있다는 것을 알면서도, 나는 어리
석게도 그 문 앞에 앉아, 절대로 열리지 않을 문
에 등을 기댄 채 소리 없이 울고 있다. 흐느낌도
없이, 몸부림도 없이, 마치 내 눈이 샘물이 솟아
나는 샘터라도 되는 것처럼, 조용히 운다. 나는

일어나서 끝없이 펼쳐진 사막으로 들어가거나 인간들의 소란스러운 바벨[*] 속으로 뛰어들 용기조차 없다.

밤에 잠을 이루지 못할 때면, 프라스코비에를 생각한다. 잠이 들면 그녀를 꿈에서 본다. 아, 그날, 피렌체의 살비아티 별장 정원에서 그녀는 얼마나 아름다웠던가! 그 새하얀 드레스와 검은 리본들, 그것은 매혹적이면서도 죽음처럼 엄숙했다. 흰색은 그녀를 위한 것이고, 검은색은 나를 위한 것이었다. 때로는 바람에 흔들리는 리본들이 그 눈부신 흰 바탕 위에 십자가 형태를 이루었고, 보이지 않는 정령이 내 심장의 장례 미사를 소리 없이 집전하고 있는 듯하였다.

---

[*] 성경의 바벨탑 이야기에서 '바벨'은 히브리어로 '혼란' 또는 '혼돈'을 뜻하며, 이는 인간의 오만함과 그로 인해 발생한 분열과 소통의 부재를 상징한다.

어떤 전례 없는 천지개벽이 일어나 내가 황제와 칼리프**의 왕관을 쓰게 된다 해도, 대지가 나를 위해 지맥을 터뜨려 황금 피를 흘린다 해도, 골콘다와 비사푸르의 광산들***이 그 눈부신 암맥을 마음껏 파헤치도록 허락한다 해도, 바이런의 리라****가 내 손끝에서 울려 퍼진다 해도, 고대와 근대 예술의 가장 완벽한 걸작들이 그 아름다움을 나에게 빌려준다 해도, 내가 하나의 세계를 발견한다 해도, 나는 조금도 나아질 것이 없다!

운명이란 얼마나 하찮은 선택에 좌우되는가! 콘스탄티노플로 떠났더라면 그녀를 만나지 않았을 텐데, 피렌체에 머문 탓에 그녀를 보

** 이슬람 세계의 초고 지도자.
*** 인도의 유명한 다이아몬드 산지들.
**** 영국 낭만주의 시인 바이런의 시에서 '리라'는 종종 사랑하는 여인을 지칭하거나, 그리스 신화의 '리라'처럼 아름다운 음악과 연관된 대상을 의미하며, 시인의 시적 영감과 예술적 능력을 상징하는 표현이기도 하다.

앉고, 그로 인해 나는 죽어 간다.

스스로 목숨을 끊고 싶은 충동도 있었지만, 그녀가 우리가 살아가는 이 공기 속에서 숨 쉬고 있으니, 어쩌면 나의 갈망하는 입술이 그 향기로운 숨결의 먼 흔적이나마 느낄 수 있을지도 모른다. 아, 생각만 해도 더없이 행복하구나! 그러고 나서 죄 많은 내 영혼은 유배의 별로 보내질 것이고, 다른 생에서는 그녀에게 사랑받을 기회조차 없을 것이다. 저세상에서도 서로 갈라져, 그녀는 천국에, 나는 지옥에 있게 된다면! 생각만 해도 고통이 나를 짓누른다!

나는 왜 하필이면 나를 사랑할 수 없는 여인을 사랑해야 하는 걸까? 사람들이 아름답다고들 하는 미혼의 여자들이 나에게 그렇게도 다정한 미소를 보내면서 내 입에서 절대로 나오지 않을 고백을 기대하고 있었건만. 아, 그는 얼마나 행복한 사람인가! 전생에 나라라도 구한 걸까, 그래서 션은 그 전생의 업보를 보상해 주고자 그에게 그 숭고한 사랑이라는 찬란한 선물을 내린 것일까?

……더 읽을 필요는 없었다. 프라스코비에의 초상화를 보고 벽작이 품었을 수도 있었던 의심은, 이 슬픈 고백 글의 첫 줄을 읽는 순간 이미 사라져버렸다. 그는 그녀의 초상화가 그토록 실물과 닮을 수 있었던 건, 수천 번이나 그리고 또 그린 결과였다는 것을 이해했다. 그것은 대상과 멀리 떨어진 곳에서, 이루어질 수 없는 사랑이 지칠 줄 모르는 인내로 다듬고 고치고 매만져 완성된 그림이었다. 그것은 신비로운 작은 예배당에 모셔진 성모 마리아를 홀로 연모하는 남자가 희망 없는 사랑을 안고 무릎 꿇고 기도하는 심정으로 그린 그림이었다.

그러나 만약 그 옥타브라는 자가 악마와 계약

을 맺어 내 몸을 훔치고, 내 모습으로 프라스코비에의 사랑을 가로채려 했다면!

백작은 잠시 마음이 혼란스러워졌지만, 중세도 아닌 19세기에 그런 가정은 터무니없다는 것을 깨닫고, 그 생각을 재빨리 떨쳐냈다.

그는 무엇이든 쉽게 믿어버리는 자신을 비웃으며, 하인 장이 차려놓은 지 오래되어 식어버린 점심을 먹고, 외출복으로 갈아입은 뒤 마차를 준비하라고 지시했다. 마차에 올라탄 그는 발타자르 셰르보노 박사의 집으로 향했다. 그리고 그 전날 올라프 라빈스키 백작이라는 이름으로 들어갔다가 옥타브 드 사빌이라는 이름으로 모든 사람에게 인사를 받으며 나왔던 그 집의 방들을 다시 지나갔다. 의사는 평소처럼 맨 안쪽 방의 소파 위에서 손으로 발을 감싸고 앉아 깊은 명상에 잠겨 있는 것 같았다.

백작의 발걸음 소리에 의사가 고개를 들었다.

"아! 당신이군요, 친애하는 옥타브, 그렇지 않

아도 당신 집으로 찾아가려던 참이었습니다. 하지만 환자가 먼저 의사를 찾아오다니, 이건 아주 좋은 징조입니다."

"또, 또 옥타브!"

백작이 말했다.

"화가 나서 돌아버리겠군!"

그러고 나서 그는 팔짱을 낀 채 의사 앞에 버티고 서서 잡아먹을 것처럼 의사를 노려보며 말을 이었다.

"발타자르 셰르보노 씨, 당신도 잘 아시다시피 나는 옥타브가 아니라 올라프 라빈스키 백작입니다. 어젯밤 바로 이곳에서 당신이 그 이상한 마법으로 내 몸을 훔쳐 가지 않았습니까?"

그 말을 듣자, 의사는 배를 그러안고 큰소리로 웃어대다가 끝내 중심을 잃어 쿠션 위로 뒹굴기까지 했다. 그는 주체할 수 없는 웃음으로 들썩이는 몸을 진정시키려고 옆구리에 주먹을 갖다 댔다.

"적당히 하시죠, 의사 선생. 지금은 기뻐하고 있지만 조만간 후회하게 될 수도 있으니까. 진지하게 하는 말입니다."

"이거 큰일이군! 내가 치료하던 무기력증과 심기증이 점점 정신 착란으로 발전하고 있는 것이 분명해. 처방을 바꿔야겠어요. 그 방법밖에 없겠어요."

"이런 빌어먹을 의사 같으니라고, 지금 당장 내 손으로 당신 목을 졸라도 이상할 게 하나도 없겠어!"

백작이 그렇게 소리치며 셰르보노에게 다가섰다. 의사는 위협하며 달려드는 백작에게 싱긋 미소를 짓더니, 작은 쇠막대 끝으로 그의 팔을 툭 하고 건드렸다. 그러자 올라프-드 사빌은 팔이 부러진 것 같은 엄청난 충격을 느꼈다.

"아! 당신처럼 반항하거나 막무가내인 환자들을 제압할 방법이 다 있지요."

그는 얼음처럼 차가운 물이 쏟아지는 샤워기

처럼 냉랭한 시선으로 백작을 쏘아보며 말했다. 미친 사람을 단번에 진정시키고 으르렁대는 사자를 땅바닥에 엎드리게 만드는 시선이었다.

"집으로 돌아가 목욕을 하세요. 흥분이 금방 가라앉을 겁니다."

전기 충격의 여파가 채 가시지 않은 올라프-드 사빌은 그 어느 때보다 불안하고 혼란스러운 상태로 의사의 집에서 나왔다. 그는 파시에 있는 B 박사에게 진료를 받아봐야겠다고 생각하며 마차를 타고 그곳을 떠났다.

"나는,"

그는 그 저명한 의사에게 말했다.

"기이한 환각에 사로잡혀 있습니다. 거울에 얼굴을 비춰보면 내가 아닌 다른 얼굴이 보입니다. 내 주변의 사물들도 이전과 다른 것 같고, 내 방의 벽이나 가구도 전혀 알아볼 수가 없습니다. 마치 내가 나 아는 다른 사람이 된 것 같습니다."

"자신이 어떤 모습으로 보입니까?"

의사가 물었다.

"그런 착시는 눈에서 비롯된 것일 수도 있고, 뇌에서 비롯된 것일 수도 있습니다."

"나의 머리카락은 검고, 눈은 진한 파란색이며, 얼굴은 창백하고, 턱선을 따라 수염이 나 있습니다."

"여권에 적혀 있는 인상착의보다 더 정확할 것 같군요. 당신에게는 지적 환각도, 시각의 왜곡도 없습니다. 실제로 당신의 모습은 당신이 말한 그대로입니다."

"아닙니다! 내 머리카락은 실제로 금발이고, 눈은 검으며, 피부는 햇볕에 그을렸고, 헝가리식으로 끝부분을 뾰족하게 다듬은 콧수염을 기르고 있습니다."

"여기서부터,"

의사가 대답했다.

"지적 능력에 조금씩 문제가 드러나기 시작하는군요."

"하지만 의사 선생, 나는 전혀 미치지 않았습니다."

"아마도, 그렇겠지요. 자신의 상태를 인지하고 스스로 나를 찾아오는 환자들은 하나 같이 분별력이 있는 사람들입니다. 약간의 피로, 지나친 독서나 쾌락이 이런 혼란을 초래했을 겁니다. 당신은 착각하고 있는 겁니다. 당신이 환상이라고 생각하는 그것이 실제이고, 당신이 머릿속으로 생각하고 있는 그 이미지는 환상입니다. 그러니까, 눈에 보이는 것이 실제지요. 당신은 금발인데 거울 속에서는 갈색 머리로 보이는 것이 아니라, 실제로는 갈색 머리인데 금발이라고 믿고 있는 겁니다."

"하지만 나는 올라프 라빈스키 백작이 분명합니다. 그런데 어제부터 세상 모든 사람들이 나를 옥타브 드 사빌이라고 부릅니다."

"내 말이 바로 그겁니다."

의사가 대답했다.

"당신은 실제로 드 사빌 씨인데, 스스로 라빈스키 백작이라고 상상하고 있는 겁니다. 내가 기억하기로 그 백작은 실제로 금발이지요. 당신이 거울 속에서 다른 얼굴로 비치는 건 그래서예요. 거울 속의 그 얼굴은 분명 당신 자신의 얼굴이지만, 마음속으로 생각하는 이미지와 일치하지 않아 그렇게 놀라고 당황하는 겁니다. 이 점을 곰곰이 생각해 보십시오. 모두가 당신을 드 사빌 씨라고 부르고 있고, 당신을 라빈스키 백작이라고 생각하는 사람은 당신 말고는 아무도 없습니다. 여기서 2주 정도 머물면서 목욕과 휴식을 취하고 나무가 우거진 숲속 길을 산책하다 보면 그 불쾌한 착각은 사라질 겁니다."

백작은 고개를 떨군 채 다시 오겠다고 말했다. 이제는 무엇을 믿어야 할지조차 알 수 없었다. 그는 생 라자르 가의 집으로 돌아왔다. 그리고 테이블 위에 놓인 라빈스카 백작 부인의 초대장을 우연히 발견했다. 그것은 전에 옥타브가 셰르보노에게 보여주었던 바로 그 초대장이었다.

"이것만 있으면, 내일 그녀를 만날 수 있어!"

그는 외쳤다.

IX

저택 문간에 선 가짜 수호천사에 의해 자신의 지
상 낙원에서 쫓겨난 진짜 라빈스키 백작을 하인
들이 마차에 태우는 동안, 변신된 옥타브는 흰색
과 금색으로 꾸며진 작은 응접실로 돌아와, 백작
부인이 시간을 내주기를 기다리고 있었다.

  그는 화구에 꽃을 가득 채워놓은 흰 대리석 벽
난로에 기대고 서서, 황금빛 쇠시리 장식 다리가
달린 콘솔 위에 대칭으로 놓인 거울 속에 겹쳐
비치는 자신을 보고 있었다. 자신의 변신, 아니
더 정확히 말하면 자신의 영혼이 다른 사람의 몸
에 들어와 있다는 사실을 알고 있었음에도, 그는
원래의 자신과는 완전히 다른 그 모습이 자신의
또 다른 얼굴이라는 사실을 좀처럼 받아들일 수
가 없었다. 그는 이미 자신이 되어버린 그 낯선
유령에게서 눈을 떼지 못했다. 자신을 바라보고
있었지만 그의 눈에 보이는 것은 다른 사람이었

다. 그는 혹시 자기 가까이 올라프 백작이 벽난로 선반에 팔을 괴고 서서 거울에 모습을 비추고 있는 건 아닌지 자기도 모르게 두리번거렸다. 하지만 그 방 안에는 확실히 그 혼자뿐이었다. 셰르보노 박사가 일을 정말 확실하게 처리해 놓은 것이다.

　몇 분이 흐른 뒤, 옥타브-라빈스키는 자신의 영혼을 프라스코비에의 남편 몸에 옮긴 그 경이로운 변신에 대해서는 더 이상 생각하지 않게 되었다. 그의 생각은 자기가 처한 현재 상황에 초점을 맞추기 시작했다. 이 믿을 수 없는 사건은 모든 가능성을 넘어선 것이었다! 불가능한 희망을 품은 사람이 망상 속에서라도 감히 상상조차 하지 못했을 놀라운 일이 실제로 일어난 것이다! 이제 그는 사랑하고 숭배하던 아름다운 존재와 마주하게 될 것이고, 그 여인은 그를 거부하지 않을 것이다! 그의 행복과 백작 부인의 완벽한 도덕성을 동시에 충족시킬 수 있는 단 하나의 조건이 실현된 것이다!

그 극적인 순간이 점점 다가오자, 그의 영혼은 극심한 흥분과 공포를 느꼈다. 진정한 사랑이 불러오는 수줍음과 소심함 때문에 금방이라도 쓰러질 듯 온몸의 기운이 빠져 달아났다. 마치 백작 부인에게 무시당하던 옥타브 드 사빌의 몸에 아직 그의 영혼이 그대로 머물러 있는 것 같았다. 하녀가 들어왔을 때야 비로소 그의 머릿속에서 서로 부딪치며 소용돌이치던 생각이 멈추었다. 하지만 하녀가 다가왔을 때 그는 신경성 경련을 억누를 수 없었고, 그녀가 말을 건넸을 때는 온몸의 피가 심장으로 쏠리는 듯했다.

"백작 부인께서는 이제 주인님을 만나실 수 있습니다."

옥타브-라빈스키는 저택의 실내 구조를 전혀 몰랐기 때문에, 괜히 섣부르게 움직이다 자기가 아무것도 모른다는 사실이 들통나는 건 아닐까 싶어 하녀 뒤를 따라갔다.

하녀는 그를 꽤 넓은 방으로 안내했다. 그곳은 소품 하나하나까지 아주 세심하게 신경을 써서 화려하게 꾸며놓은 파우더룸이었다. 진귀한 목재로 만든 장롱들은 크네흐트와 리엔하르트 같은 유명한 가구 장인들이 제작한 작품이었다. 목조 건축물 형태를 띠고 있는 일련의 장롱들은 그 자체로 하나의 예술품이라고 해도 손색이 없을 만큼 아름다운 회랑을 이루며 늘어서 있었다. 장롱 문짝들은 하트 모양의 잎과 세밀하게 부조된 작은 종 모양의 꽃이 달린 가느다란 나팔꽃 덩굴 줄기가 휘감고 오르는 나선형 기둥들로 칸이 나누어져 있었다. 그 모든 장식은 눈을 뗄 수 없을 만큼 정교하고 아름답게 조각되어 장인들의 개성 있고 우아한 예술적 완성도를 한껏 뽐내고 있었다. 장롱 안에는 벨벳 드레스와 광택 나는 물결무늬 드레스, 캐시미어, 숄, 레이스, 밍크 모피와 푸른 여우털 외투, 다양한 형태의 모자들, 다시 말해 아름다운 여성을 위한 온갖 장신구와 소품, 의상들이 가지런히 정리되어 있었다.

맞은 편에도 같은 장식이 반복되어 있었는데, 다만 채색 나무 패널 대신 병풍처럼 접히는 거울이 설치되어 있어서, 정면뿐만 아니라 옆모습과 뒷모습까지 살펴보면서 블라우스나 머리 모양이 어떻게 보이는지 확인할 수 있었다.

세 번째 벽면에는 알라바스터와 오닉스로 장식한 기다란 화장대가 자리 잡고 있었고, 은제 수도꼭지에서 뜨거운 물과 차가운 물이 흘러나와, 테두리에 은박을 입힌 아주 커다란 일본식 대야에 물을 채웠다. 에센스와 향수가 담겨있는 보헤미아 크리스털 병들은 촛불의 불빛에 다이아몬드와 루비처럼 영롱하게 반짝였다.

벽과 천장은 마치 보석 상자의 내부처럼 연한 청록색 새틴으로 두툼하게 누벼져 있었다. 바닥에는 방안과 조화를 이루는 부드러운 색감의 폭신한 이즈미르산 카펫이 깔려있어, 공간 전체가 솜처럼 포근하고 아늑했다.

방 한가운데는, 초록색 벨벳 받침대 위에 기이한 모양의 커다란 상자가 올려져 있었다. 고품질 강철로 만든 그 상자에는 복잡한 아라베스크 문양이 흑색 금속 상감 기법으로 새겨져 있었는데, 그 정교함과 화려함은 알람브라 궁전의 대사 접견실 내부 장식이 오히려 소박하고 단순해 보일 정도였다. 신비로운 요정의 손길이 닿았음에 분명한 그 놀라운 작품은 동양 예술의 정수를 보여주는 듯했다. 프라스코비에 라빈스카 백작 부인은 그 상자 안에 왕비나 갖고 있을 법한 아주 귀한 보석들을 넣어두고 있었다. 하지만 그녀는 그 보석들을 거의 착용하지 않았다. 그 보석들이 엄청나게 값비싼 것들이긴 해도 그만큼의 가치는 없다고 생각했기 때문이었다. 게다가 그녀는 너무 아름다웠기 때문에 화려한 장신구로 꾸밀 필요가 없었다. 그녀는 여자의 본능으로 그걸 알 수 있었고, 그래서 자기 자신이 아니라 라빈스키 가문의 유구한 역사와 화려한 전통을 돋보여야 하는 아주 특별한 행사가 있을 때만 그 보석들을 착용했다. 다이아몬드가 그렇게 푸대접을 받은 적은 일찍이 없었다.

풍성한 주름을 이루며 중후하게 창에 드리워진 커튼 가까이, 프라스코비에 라빈스카 백작 부인이 화려한 화장대 앞에 앉아있었다. 양쪽 촛대에 꽂힌 여섯 개의 촛불이 화장대를 환하게 비춰주고 있었다. 펠리시 드 포보*가 자신의 재능을 한껏 살려 날씬하고 유려하게 조각한 두 천사가 양쪽 귀퉁이에서 내려다보고 있는 거울 앞에 앉은 백작 부인은 청순한 아름다움으로 빛을 발했다. 투명한 푸른색과 불투명한 흰색이 번갈아가며 줄무늬를 이루는, 더없이 섬세하고 우아한 튀니지식 후드 가운이 부드러운 구름처럼 그녀를 감싸고 있었다. 가볍게 하늘거리는 그 천이 부드러운 새틴 드레스를 입은 어깨 위로 미끄러

---

* 19세기 프랑스 낭만주의 시대의 여성 조각가이자 장식예술가로, 특히 중세적 고딕 양식을 되살린 작품으로 유명하다.

지듯 흘러내리면서, 옷깃 사이로 백조의 새하얀 목조차 잿빛으로 보이게 만들 만큼 희디흰 목을 드러내 주고 있었다. 가운의 주름 사이사이에는 아주 얇고 부드러운 레이스 장식들이 부풀어 오른 거품처럼 풍성하게 일렁였는데, 그 어떤 장식이나 허리띠도 필요 없을 만큼 그 자체로 완벽했다.

백작 부인의 숱 많은 머리카락은 황후의 망토처럼 물결치며 뒤로 길게 늘어 뜨려져 있었다. 이오니아의 푸른 바다에서 한 떨기 꽃처럼 솟아올라, 진줏빛 조개껍질 속에서 무릎 꿇은 채 진주 같은 물방울을 뚝뚝 떨어뜨리던 비너스 아프로디테의 물결치는 황금빛 곱슬머리도 백작 부인의 금발만큼 아름답지도, 숱이 많지도, 풍성하지도 않았으리라! 티치아노**의 호박빛과 폴 베

** 이탈리아 르네상스 시대의 대표적인 베네치아 화가. 특히 붉은색, 황금색 등 풍부한 색채를 자신만의 감각으로 표현했다.

로네세*의 은빛을 혼합하고, 거기다 렘브란트의 금빛을 더하고 태양 빛을 토파즈**에 통과시킨다 해도, 그 환상적인 머리칼의 경이로운 색조를 만들어낼 수는 없을 것이다. 그 머리칼은 빛을 받아들이는 게 아니라 오히려 빛을 발산하는 듯했고, 고대의 별들 사이에서 새로 떠오른 별자리인 베레니체***의 머리칼보다 훨씬 더 찬란하게 빛을 발했다!

두 명의 하녀가 그 머리카락을 나누어 다듬고, 윤기를 내고, 물결치는 웨이브를 만들고, 베개에 닿아도 흐트러지지 않도록 정성껏 감아올리며 손질하고 있었다. 이 섬세한 작업을 하는 동안, 백작 부인은 금실로 수를 놓은 하얀 벨벳 바

부슈****를 신은 발끝을 살랑살랑 흔들고 있었는데, 그 작고 우아한 발은 파디샤*****의 황후와 후궁들조차 질투할 만큼 앙증맞았다. 때때로 그녀는 가운의 부드러운 주름 사이로 하얀 팔을 드러내면서, 흘러내린 머리칼 몇 가닥을 고혹적인 몸짓으로 쓸어올리곤 했다.

그렇게 나른한 자세로 무심하게 몸을 내맡기고 앉아 있는 그녀는, 그 어떤 예술가도 그 청초하고 매끄러운 얼굴선과 젊고 싱그러운 아름다움을 되살려내지 못했던, 고대 그리스 항아리에 장식으로 새겨진 우아한 인물상들을 떠올리게 했다. 지금의 그녀는 피렌체의 살비아티 저택 정원에 있을 때보다 천 배, 만 배 더 고혹적이었다. 만약 옥타브가 이미 미칠 듯한 사랑에 빠져 있지 않았더라면, 지금 이 순간 틀림없이 사랑에 빠지

**** 튀니지나 모로코에서 유래한, 앞코가 뾰족하고 뒤꿈치가 없는 슬리퍼.
***** 오스만 제국의 황제.

고 말았을 것이다. 하지만 다행스럽게도, 그녀에 대한 사랑은 이미 차고 넘쳐서 더 이상 더할 것이 없었다.

옥타브-라빈스키는 그녀의 모습을 보면서 마치 아주 무시무시한 장면을 목격하기라도 한 것처럼 무릎이 마구 떨려 그대로 주저앉을 것 같았다. 입이 바짝 마르고, 목구멍은 마치 암살자의 손아귀에 목이 졸리는 것처럼 고통스럽게 조여왔다. 그의 눈 주위로 화염처럼 붉은 불길이 치솟아 오르며 소용돌이쳤다. 그 아름다움에 그는 완전히 넋이 나가버렸다.

하지만 거절당한 남자처럼 어쩔 줄을 모르고 벌벌 떠는 것은, 아무리 아내밖에 모르는 남편이라고 해도 남편이 아내에게 보일 만한 태도는 결코 아니라는 생각이 들었다. 그는 용기를 그러모아 단호하게 백작 부인 쪽으로 다가갔다.

"아, 당신이군요, 올라프! 오늘 밤에는 아주 늦게 돌아오셨네요!"

백작 부인이 뒤를 돌아보지 않고 말했다. 하녀들이 그녀의 머리를 길게 땋고 있어서 고개를 돌릴 수 없었다. 그녀가 가운의 풍성한 주름 사이로 아름다운 손을 그에게 내밀었다.

옥타브-라빈스키는 꽃잎보다 부드럽고 청아한 그 손을 살포시 잡고 입술로 가져가, 아주 오랫동안 열정적으로 입을 맞추었다. 그의 온 영혼이 그 작은 손에 집중되어 있었다.

백작 부인이 무언가 평소와는 다른 느낌을 받은 것인지, 아니면 정숙한 여인의 본능적인 수줍음 때문이었는지, 그도 아니면 이성적으로 설명할 수 없는 어떤 직감이 그녀를 일깨웠는지 알수 없지만, 갑자기 그녀의 얼굴과 목과 팔에 장밋빛 기운이 드리워졌다. 그것은 마치 높은 산위에 쌓인 순백의 눈이 태양의 첫 입맞춤에 놀라 서서히 물드는 색과 같았다. 그녀는 몸을 떨며 천천히 손을 빼내면서, 살짝 화가 난 것 같기도 하고 약간 부끄러워하는 것 같기도 한 표정을 지었다. 옥타브의 입술은 그녀의 손에 뜨겁게 달 궈진 쇠로 찍힌 듯한 감각을 남겼다. 그러나 그녀는 곧 평정을 되찾고, 자기가 과민반응을 보인 것이 사뭇 미안한 듯 천진난만한 웃음을 지어 보였다.

"사랑하는 올라프. 내 말에 대답도 해주지 않는군요. 내가 당신을 보지 못한 지가 벌써 여섯 시간이 넘었다는 것을 아세요? 나한테 너무 소홀한 거 아니에요?"

그녀는 나무라는 듯한 목소리로 말했다.

"전에는 이렇게 긴 시간 동안 나를 혼자 버려두지 않았잖아요. 떨어져 있는 동안 나를 한 번이라도 생각한 적이 있나요?"

"항상 생각하고 있었답니다."

옥타브-라빈스키가 대답했다.

"아, 항상 그런 건 아니겠죠. 당신이 내 생각을 할 때는 멀리 떨어져 있어도 느껴지니까요. 오늘 저녁만 해도, 나는 혼자 피아노 앞에 앉아 베버[31]

의 곡을 연주하며 음악으로 무료함을 달래고 있었어요. 그때 당신 영혼이 몇 분 동안 선율의 소용돌이 속에서 내 주위를 날아다니다가, 마지막 화음과 함께 어디론가 날아가 버렸고, 다시는 돌아오지 않았어요. 거짓말하지 말아요, 내 말이 틀림없으니까."

사실 프라스코비에의 말은 틀리지 않았다. 그녀가 말한 그 짧은 순간은, 올라프 백작이 발타자르 셰르보노 박사의 집에서 그릇에 담긴 마법의 물을 들여다보며 온 신경을 집중해 사랑하는 사람의 이미지를 떠올리고 있던 바로 그때였다. 그리고 그 뒤로 백작은 끝 모를 최면의 바다에 빠져들어 생각도, 감정도, 의지도 모두 잃게 되었던 것이다.

하녀들이 백작 부인의 밤 단장을 모두 끝낸 뒤 물러갔다. 옥타브-라빈스키는 여전히 그 자리에 서서, 이글거리는 눈빛으로 프라스코비에를 응시하고 있었다. 그 시선이 거북해서 얼굴이 달아오른 백작 부인은 폴리힘니아*처럼 후드 가운으로 온몸을 감쌌다. 하얗고 파란 줄무늬 주름 사이로 살짝 드러난 얼굴은 불안해 보였지만 더할 수 없이 매혹적이었다.

아무리 통찰력이 뛰어난 사람이라 할지라도 셰르보노 박사가 고행자 브라흐마 로굼의 주문을 이용해 영혼을 교체시켰다는 사실을 짐작조차 할 수 없었겠지만, 프라스코비에는 옥타브-라빈스키의 눈빛에서 올라프의 눈에 늘 담겨 있던 그 표정, 천사처럼 순수하고 고요하며, 한결같고 영원한 사랑의 표정을 읽어낼 수 없었다. 오히려 그 시선에는 세속적인 정념이 불타오르고 있어서, 마음이 심란해진 그녀는 얼굴이 붉어졌다. 어떤 일이 일어났는지는 몰라도, 분명히 무슨 일이 일어나기는 했다.

---

*   그리스 신화에 등장하는 아홉 뮤즈 중 하나. 주로 음악, 찬송가, 성스러운 노래의 뮤즈로, 대개 긴 외투를 입고 베일로 얼굴을 가린 모습으로 표현된다.

온갖 황당무계한 추측들이 그녀의 머릿속을 스쳤다. 이제 나는 올라프에게 단지 겉으로 보이는 아름다움만으로 욕망을 불러일으키는 그런 고급 매춘부 같은 존재가 되어버린 것일까? 두 사람의 영혼을 하나로 묶어 주던 그 숭고한 조화가 내가 알지 못하는 어떤 불협화음으로 깨져 버린 것일까? 올라프에게 다른 여자가 생긴 것은 아닐까? 파리의 환락이 그의 순결한 마음을 타락시켜버린 것일까? 머릿속에서 그런 의문들이 빠르게 지나갔지만, 만족할 만한 답을 찾을 수 없었다. 내가 미쳤나 봐, 그녀는 생각했다. 하지만 마음 깊은 곳에서는 자신의 직감이 틀리지 않았다는 생각을 떨칠 수 없었다. 마치 알 수 없는 위험에 직면한 것처럼 은밀한 공포가 그녀를 덮쳤다. 그것은 제2의 눈이라고 할 수 있는 영혼이 미리 알아본 위험이었다. 영혼의 눈이 알려주는 위험을 무시하면 언제나 크나큰 후회가 뒤따르게 된다.

그녀는 초조하고 긴장된 마음으로 자리에서 일어나 자신의 침실 문을 향해 걸어갔다. 가짜 백작은 마치 셰익스피어의 희곡에서 오셀로가 외출하는 데스데모나를 따라가듯[*] 프란스코비에의 허리를 팔로 감싼 채 함께 움직였다. 하지만 문턱에 다다랐을 때, 그녀는 갑자기 돌아서서 조각상처럼 창백하고 차가운 얼굴로 잠시 그대로 서있었다. 그러고는 겁에 질린 듯한 눈으로 그 젊은 남자를 잠시 바라보다가, 방 안으로 들어가 재빨리 문을 닫고 빗장을 걸어 잠갔다.

"옥타브의 눈빛이야!"

그녀는 거의 실신할 듯이 소파에 쓰러지며 외쳤다. 정신이 돌아오자, 그녀는 혼자 중얼거렸다.

"도대체 어떻게 된 일일까? 한 번도 잊은 적 없는 그 눈빛이 오늘 밤 올라프의 눈에서 번득이고

---

[*] 〈오셀로〉에서 교활한 부하 이아고의 계략에 속은 오셀로는 극심한 질투에 사로잡혀 아내 데스데모나의 외출이나 행동거지를 의심한다.

있다니? 어떻게 내 남편의 눈동자에서 그 어둡고 절망적인 불꽃을 볼 수 있단 말인가? 옥타브가 죽은 걸까? 그의 영혼이 이 세상을 떠나기 전에 나에게 작별을 고하려고 잠시 내 앞에 나타난 것일까? 올라프! 올라프! 내가 잘못 생각한 거라면, 내가 헛된 두려움에 휘둘려 잘못 생각한 것이라면 부디 용서해 줘요. 하지만 오늘 밤 내가 당신을 받아들였더라면, 당신이 아닌 다른 사람에게 나를 내어준 것이나 다름없었을 거야."

백작 부인은 빗장이 잘 잠겼는지 확인하고, 천장에 매달린 등을 켰다. 그러고 나서 마치 겁먹은 어린아이처럼 불안감에 휩싸여 침대에서 몸을 웅크렸다. 그녀는 정체 모를 불안감에 떨다가 새벽녘이 되어서야 겨우 잠이 들었다. 하지만 얕은 잠을 자는 내내 이해할 수 없는 기이한 꿈에 시달렸다. 이글거리는 눈, 옥타브의 눈이 안개 속에서 그녀를 뚫어지게 바라보며 불꽃을 쏘아대고 있었고, 침대 발치에는 쪼글쪼글하게 주름이 진 시커먼 형체가 웅크리고 앉아 알아들을 수 없는 언어로 뭔가를 중얼거리고 있었다. 올라프 백작도 그 터무니없는 꿈속에 나타났지만, 그녀가 알고 있던 남편의 얼굴이 아니었다.

닫힌 문 앞에 서서 안쪽에서 빗장이 잠기는 소리를 듣고 있는 옥타브의 실망감을 어떻게 말로 표현할 수 있을까. 그의 모든 희망은 와르르 무너져내렸다. 어떻게 이럴 수가 있단 말인가! 그는 무시무시하고 해괴한 방법까지 동원했었다. 마법사, 아니 어쩌면 악마에게까지 몸을 맡기면서 이 세상에서는 목숨을, 저 세상에서는 영혼을 걸고, 손에 넣을 수 없는 여인을 얻으려 했었다. 인도의 마법 덕분에 그녀가 무방비 상태로 그의 손에 맡겨졌지만, 그는 여전히 연인으로도 남편으로도 그녀에게 거부당했다. 가장 사악한 계략마저도 프라스코비에의 꺾일 줄 모르는 정결함 앞에서는 통하지 않았다. 침실 문턱에서 그녀는 마치 악령에게 벼락을 내리치는 스베덴보리*의 하얀 천사 같아 보였다.

어쨌든, 이런 황당한 상황 속에 밤새도록 머물러 있을 수는 없었다. 그는 백작의 처소를 찾아 나섰고, 이어지는 방들을 지나 맨 끝에 있는 방의 문을 열었다. 그곳에는 흑단 기둥이 세워진 침대가 있었고, 덩굴무늬와 아라베스크 문양 사이사이에 가문의 문장이 수놓인 태피스트리 커튼이 드리워져 있었다. 동양의 갑옷과 무기들, 기사 흉갑과 투구가 램프 불빛을 받아 어둠 속에서 희미한 광채를 내뿜었고, 금으로 상감한 보헤미아 가죽 공예품이 벽 위에서 반짝였다. 섬세한 조각 장식이 있는 커다란 안락의자 서너 개, 작은 인물상들이 빼곡하게 새겨진 장식장이 중세풍의 실내 장식을 완벽하게 구현하고 있었는데,

---

*   18세기 스웨덴의 과학자, 신학자, 철학자로, 천국과 지옥, 영혼의 세계를 체험하고 기록하여 18세기 계몽주의 시대에 큰 영향을 미쳤다. 그의 사상에서 천사는 인간의 삶과 깊게 연결된 영적 존재로, 인간의 내면을 향한 인도자 역할을 한다.

이는 고딕 양식의 저택 대연회실에 그대로 옮겨 놓는다 해도 이질감이 전혀 느껴지지 않을 정도였다. 하지만 백작이 그처럼 실내를 꾸며놓은 것은, 아무 생각 없이 유행을 따른 것이 아니라, 경건한 추억을 기리기 위한 것이었다. 그 방의 실내 장식은 그가 어린 시절 어머니와 함께 살 때 지냈던 실내 공간을 그대로 재현한 것이었다. 사람들이 종종 그 방을 두고 '장엄한 5막의 무대'* 같다고 놀려댔지만, 그는 단 한 번도 그 스타일을 바꾸려 하지 않았다.

옥타브-라빈스키는 피로와 감정의 소모에 지쳐 침대에 몸을 던지고 발타자르 셰르보노를 저주하며 잠이 들었다. 다행히도, 아침이 되자 한결 기분이 나아지면서 희망이 다시 싹트기 시작했다. 그는 이제부터 더 절제된 태도로 처신하고, 자신의 눈빛을 바꾸고 남편처럼 자연스럽게 행

---

*　　연극에서 극적이고 과장된 마지막 막.

동하겠다고 다짐했다. 그는 하인의 도움을 받아 꼼꼼하게 몸단장을 한 뒤, 침착한 걸음으로 식당으로 향했다. 프라스코비에 백작 부인이 그곳에서 그를 기다리고 있었다.

X

옥타브-라빈스키는 하인 뒤를 따라갔다. 그 저택의 주인 행세를 해야 했지만, 그 집 안에 식당이 어디에 있는지 몰랐기 때문이다. 식당은 일층에 있었는데, 정원이 내다보이는 아주 넓은 방이었다. 품격 있고 절제된 실내 장식은 대저택과 수도원의 분위기를 동시에 풍겼다. 대칭을 이루며 벽면을 장식하고 있는 따스하고 안온한 색감의 갈색 참나무 패널들이 천장까지 이어져 있었다. 천장에는 육각형 서까래가 도드라져 있었는데, 파란색으로 칠해진 서까래에는 아주 정교한 금색 아라베스크 문양이 더해져 있었다. 벽면의 기다란 나무 패널들에는 사계절을 상징적으로 표현한 필리프 루소*의 그림이 그려져 있었다. 그것은 신화적 인물들이 아니라, 각 계절에 해당

---

*   19세기 프랑스의 정물화의 거장.

하는 수확물이나 자연물을 모아 구성한 정물화들이었다. 자댕**의 사냥 그림들이 필리프 루소의 정물화들과 서로 짝을 이루고 있었고, 각 화가의 작품 위쪽에는 커다란 접시들이 둥근 방패처럼 빛나고 있었다. 그것들은 베르나르 팔리시나 리모주의 레오나르도***의 작품, 그리고 일본이나 이탈리아 혹은 아랍 도자기로, 유약을 입힌 표면에는 프리즘의 모든 색이 어우러진 듯한 무지갯빛이 아롱지고 있었다. 도자기 접시들 사이사이에는 사냥에서 얻은 사슴뿔과 들소뿔이 걸려 있었고, 방 양쪽 끝에는 스페인 교회의 제단 뒤 장식벽처럼 높다란 식기장이 서있었다. 그 식기장의 정교한 즈각 장식들은 베루게테와 코르네호 듀케, 베르브루헨****의 가장 뛰어난 작품들

** 19세기 프랑스 화가. 사냥 장면을 그린 세밀화로 유명하다.

*** 16세기 프랑스에서 활동한 도예가들.

**** 바로크 및 르네상스 미술에 큰 영향을 미친 예술가(조각, 회화, 장식예술)들로, 스페인과 플랑드르의 미술과 건축 발전에 중요한 기여를 했다.

과 견주어도 손색이 없을 만큼 아름다웠다. 높낮이를 조절할 수 있는 식기장 선반들에는 라빈스키 가문에서 대대로 전해 내려온 은식기들이 은은하게 빛을 발하고 있었다. 그리고 기이한 형태의 손잡이가 달린 물 주전자들, 고풍스러운 소금 단지들, 굽 달린 큰 술잔들과 일반 잔들, 독일 특유의 기묘한 환상미가 느껴지는 구불거리는 장식용 그릇들 등, 모두 드레스덴 왕궁의 왕실 보물관에 전시될 만한 가치가 있는 작품들이었다. 그런가 하면, 그 고풍스러운 은식기들 맞은편에는 현대의 경이로운 금 세공품들이 눈부시게 빛나고 있었다. 바그너, 뒤퐁셸, 루돌피, 프로망-뫼리스*의 걸작들, 푀이셰르와 베슈트**가 제

---

* 금세공과 장식예술의 대가들. 이 인물들과 공방들은 19세기 프랑스가 장식예술의 세계적인 중심지로서의 위치를 공고히 하는 데 기여했다.

** 19세기 금세공과 장식예술의 대가들. 푀이셰르 가문은 18~19세기 중반까지 파리에서 가장 유명한 도금 청동 및 금세공 공방들 중 하나를 운영했다. 베슈트는 19세기 프랑스에서 가장 뛰어난 금세공 및 에나멜 장인 중 한 명으로, 르네상스 양식의 부활을 이끈 인물.

작한 인물상이 새겨진 금도금 다기, 검은색 문양이 상감 처리된 금쟁반들, 포도덩굴 손잡이와 디오니소스 축제 장면 부조가 돋보이는 샴페인 술통들, 보헤미아 크리스털 공예품, 베네치아 유리 공예품, 로코코 양식을 재현하려 한 복고풍 도자기 세트들뿐만 아니라, 폼페이의 청동 삼발이를 연상시키는 우아한 향로들까지 진열되어 있었다.

초록색 모로코가죽을 덧씌운 참나무 의자들이 벽을 따라 늘어서 있었다. 천장 중앙의 격자 무늬 틀에는 포도송이와 초록 잎사귀들이 달린 포도덩굴이 음각된 반투명 유리가 끼워져 있었는데, 그 유리를 통해 걸러진 은은한 빛이, 독수리 발 모양으로 조각된 다리가 달린 식탁 위로 고르게 드리워져 있었다. 러시아식으로 차려진 식탁 위에는, 제비꽃으로 장식된 과일이 이미 놓여있었고, 요리들은 마치 에미르*의 투구처럼 반짝이는 둥근 금속 덮개 아래에서 회식자들의 나이프를 기다리고 있었다. 모스크바산 사모바르가 김을 내뿜으며 끓고 있었고, 짧은 바지와 흰 넥타이를 갖춘 하인 둘이 서로 마주 보는 두 안락의자 뒤에 마치 조각상처럼 부동자세로 침묵을 지키고 서있었다. 옥타브는 자기가 원래 익숙해야 당연할 그 낯선 물건들에 당황하지 않기 위해 재빠른 눈길로 그 모든 세세한 것들을 파악하였다.

타일 바닥 위를 사뿐히 스치는 발소리와 실크 드레스가 부드럽게 사각거리는 소리에 옥타브는 고개를 돌렸다. 프라스코비에 라빈스카 백작부인이 다가오며 옥타브에게 가볍게 다정한 눈짓을 건넨 뒤 자리에 앉았다.

그녀는 같은 천의 프릴 장식이 달린 녹색과 흰

---

*   아랍 및 이슬람 국가의 여러 지역에서 막강한 권력을 가진 군주나 지도자를 지칭하는 아랍어.

색 체크무늬 실크 가운을 입고 있었다. 머리칼을 관자놀이 위로 두툼한 띠처럼 모아 넘기고, 목덜미가 시작되는 곳에서 이오니아식 기둥머리의 장식처럼 틀어 올렸는데, 그 단순하면서도 고귀해 보이는 황금빛 소용돌이 머리 모양은 고대 그리스의 조각가조차도 흠을 찾아내지 못할 만큼 완벽했다. 그녀의 발그레한 우윳빛 피부는 전날 밤 감정적으로 동요하고 밤새 뒤척이며 잠을 설친 탓에 약간 창백해져 있었다. 평소에는 너무도 차분하고 맑았던 눈가에도 보일 듯 말 듯한 진줏빛 그늘이 어려 있었다. 그녀는 피곤하고 나른한 모습이었지만, 그렇게 연약해진 모습 때문에 오히려 더욱더 아름다워 보였고, 인간적인 매력마저 느껴졌다. 여신은 여인이 되었고, 천사는 날개를 접고 더 이상 날지 않았다.

옥타브는 이번에는 좀 더 신중하게, 불길이 타오르는 눈빛을 거두고 마음속의 황홀감을 무심한 표정 아래 숨겼다.

백작 부인은 흰 대리석과 다양한 색상의 베로나산 타일로 모자이크된 바닥에서 올라오는 냉기를 막기 위해 식탁 아래 깔아놓은 부드러운 양모 카펫 위에 황금빛 가죽 슬리퍼를 신은 작은 발을 올려놓고는, 어젯밤 손등에서 느꼈던 그 열감이 떠올라 소름이 돋는 듯 어깨를 약간 움찔했다. 하지만 새날이 밝아오자 지난밤의 두려움과 환상이 모두 사라졌기 때문에, 그녀는 자기가 남편이라고 생각하는 그 남자를 맑고 투명한 푸른 눈빛으로 바라보면서 부드럽고 조화로운 목소리로 그에게 폴란드어로 말을 건넸다. 그녀와 백작은 내밀한 대화를 나눌 때면 프랑스 하인들이 알아듣지 못하도록 모국어인 폴란드어를 종종 사용하곤 했기 때문이다.

파리 사람인 옥타브는 라틴어, 이탈리아어, 스페인어를 알고 있었고, 영어도 몇 마디 할 줄 알았다. 하지만 대부분의 라틴계 유럽인이 그렇듯이 그는 슬라브계 언어만큼은 전혀 할 줄 몰랐다. 폴란드어는 자음이 너무 많고 모음은 또 너무 적어서, 설령 그가 흉내 내보려 했다고 한들, 따라 할 엄두조차 내지 못했을 것이다. 게다가 피렌체에서 백작 부인은 언제나 그에게 프랑스어나 이탈리아어로 말했고, 그래서 그는 미츠키에비치가 바이런에 거의 필적하는 작품을 남긴 그 언어를 배워볼 생각은 전혀 하지 못했었다. 하지만 인간이란 원래 모든 경우의 수를 미리 헤아리지는 못한다.

그 폴란드 말을 들었을 때, 옥타브의 자아가 들어앉은 백작의 머릿속에서 아주 기이한 현상이 일어났다. 파리 사람에게는 낯설기만 한 그 말들이 슬라브인의 귓속 달팽이관을 따라 들어와, 이전에 올라프의 영혼이 그 소리를 받아들여 생각으로 옮겨놓던 그 익숙한 지점에 도달했고, 거기서 일종의 신체적 기억을 불러냈다. 그 말의 의미가 옥타브에게 어렴풋이 떠올랐다. 그러나 뇌의 주름 속 깊이, 기억의 비밀스러운 서랍 속

깊숙한 곳에 묻혀 있던 말들이 윙윙거리며 떠올라 당장이라도 반응할 준비를 하는 듯했지만, 그 어렴풋한 기억들은 정신과 연결되지 못한 채 이내 사그라져 버렸고, 모든 것이 다시 불투명해졌다. 가련한 연인의 당혹감은 참으로 끔찍했다. 그는 백작 올라프 라빈스키의 외피를 뒤집어쓸 때 이런 곤란한 문제들이 발생할 수 있다는 것은 전혀 예상하지 못했다. 타인의 형상을 훔친다는 것이 얼마나 힘들고 가혹한 난관을 불러올 수 있는지, 그는 그제야 비로소 깨달았다.

옥타브의 침묵에 놀란 프라스코비에는 그가 뭔가 다른 생각을 하느라 자기가 한 말을 듣지 못한 거라고 생각하고, 좀 더 큰소리로 천천히 그 말을 되풀이했다. 하지만 그녀가 하는 말이 더 잘 들렸다 해도, 가짜 백작이 그 의미를 모르는 것은 마찬가지였다. 그는 그게 무슨 뜻인지 추측해 내려고 필사적으로 애를 썼다. 하지만 북유럽 언어는, 그 언어를 전혀 모르는 사람에게는 추측마저 불가능한 언어다. 프랑스 남자는 이탈리아 여자가 하는 말을 어렴풋이 짐작할 수 있는 반면에, 폴란드 여자가 하는 말을 들을 때는 마치 귀머거리가 된 것 같을 것이다. 자신도 모르게 뜨거운 홍조가 그의 뺨을 뒤덮었다. 그는 입술을 깨물며, 태연하게 보이려고 접시 위의 고기를 나이프로 마구 잘랐다.

"사랑하는 백작님,"

이번에는 백작 부인이 프랑스어로 말했다.

"당신은 내 말을 듣고 있지 않거나, 내 말을 전혀 이해하지 못하는 것 같군요……."

"정말이지,"

옥타브-라빈스키는 자기가 무슨 말을 하는지도 모르면서 더듬거리며 말했다.

"……그 몹쓸 언어는 어렵기도 하군!"

"어렵다니요! 그래요, 아마 외국인에게는 그럴지도 모르죠. 하지만 어머니 무릎 위에서 옹알이를 하며 배운 사람에게는 그 말이 생명의 숨결처럼, 생각의 향기처럼 입술에서 자연스럽게 흘러나오죠."

"네, 물론이죠. 하지만 가끔 그 언어가 아주 낯선, 전혀 모르는 언어처럼 느껴질 때가 있어요."

"무슨 말을 하는 거예요, 올라프? 맙소사! 그걸 잊어버렸다고요? 선조들의 언어, 성스러운 고향의 언어, 사람들 속에서 당신의 형제들을 알아보게 해주는 그 언어를 잊었다는 거예요?"

그녀는 목소리를 낮추며 덧붙였다.

"그리고 당신이 나에게 처음 사랑을 고백했던 바로 그 언어를!"

"다른 언어를 쓰는 것에 익숙해져서……"

옥타브-라빈스키는 더 이상 변명할 거리를 찾지 못해 쭈뼛거리며 말했다.

"올라프,"

백작 부인은 비난하는 듯한 투로 말했다.

"파리가 당신을 망쳐놓았군요. 내가 파리에 오지 않으려 했던 게 옳았어요. 고귀한 라빈스키 백작이 자기 영지로 돌아갔을 때, 가신들의 축하 인사에 응답조차 제대로 하지 못하게 될 줄 누가 알았겠어요?”

프라스코비에의 사랑스러운 얼굴에 고통스러운 표정이 스쳤다. 천사와도 같은 그 맑은 이마 위에 슬픔의 그림자가 드리운 것은 이번이 처음이었다. 그 이상한 망각은 그녀에게 거의 배신처럼 느껴졌고, 그녀의 마음 깊은 곳에 상처를 입혔다. 그 뒤로 식사 내내 침묵이 이어졌다. 프라스코비에는 자기 눈에 백작으로 보이는 그 사람에게 잔뜩 토라져 있었고, 옥타브는 자신이 대답할 수 없는 질문들이 다시 이어질까 두려워서 마음을 졸이고 있었다. 백작 부인은 자리에서 일어나 자신의 처소로 돌아갔다.

옥타브는 혼자 남아, 나이프의 손잡이를 만지작거리고 있었다. 자신의 처지가 너무 괴롭고 고통스러워 나이프를 자기 가슴에 찔러 넣고 싶었다. 그는 기적 같은 일이 벌어지리라 기대했었다. 그런데 지금, 낯설기만 한 삶의 막다른 미로에 갇혀버린 처지가 되었다. 올라프 라빈스키 백작의 몸을 훔칠 때, 백작이 갖고 있던 지식과 생각들, 그가 알고 있던 언어들, 어린 시절의 기억들, 한 개인의 정체성을 이루는 수천, 수만 가지의 세부적인 내용들뿐만 아니라, 그가 살면서 맺어온 인간관계들까지, 모두 훔쳤어야 했다. 하지만 발타자르 셰르보노의 방대한 지식으로도 그것까지 해내는 건 불가능했다. 이 얼마나 분통 터지는 일인가! 천국에 있으면서도 가까이 다가갈 엄두도 내지 못한 채, 멀리서 문턱만 바라볼 뿐이라니. 프라스코비에와 같은 지붕 아래 살면서 그녀를 보고, 말을 나누고, 그 아름다운 손에 남편의 입술로 입을 맞추면서도, 그녀의 고결하고 순수한 마음을 속이지도 못하고, 자신도 모르게 나오는 어색하고 어리석은 행동으로 매 순간 정체가 들통날까 봐 조마조마해야 한다니!

"하늘에서 이미 정해진 일이구나, 프라스코비

에는 결코 나를 사랑하지 않을 것이다! 그런데도 나는 인간의 존엄까지 내팽개치고 자아마저 포기하는 희생을 치렀다. 그리고 그 대가로 그 사랑을 차지하겠다고 다른 사람의 몸을 빌리는 짓까지 했다!"

그가 그런 생각에 잠겨 있을 때, 마부가 조심스럽게 다가와 아주 공손하게 인사하며 오늘은 어떤 말을 탈 것인지 물었다. 그가 아무 대답도 하지 않자, 하인은 자기가 감히 이런 말을 해도 되나, 싶은 듯 겁을 잔뜩 집어먹고 조심스럽게 입을 열었다.

"뷜튀르로 할까요, 아니면 뤼스탕으로 할까요? 이 두 녀석 모두 벌써 여드레째 마구간만 지키고 있습니다."

"뤼스탕으로 하지."

옥타브-라빈스키는 발튀르라고 말하려 했는데, 마음이 딴 데 가 있는 바람에 마지막에 들은 뤼스탕이라는 이름이 자기도 모르게 입에서 튀어나와 버렸다.

　신선한 공기를 마시면 예민하게 들뜬 신경이 가라앉지 않을까 싶어, 그는 서둘러 승마복으로 갈아입고 불로뉴 숲으로 출발했다. 뤼스탕은 목에 금실로 수놓은 동양식 벨벳 주머니를 달고 있었는데, 그 안에는 그가 헤지라 시대* 초기부터 이어져 온 네지 종**임을 증명하는 혈통증명서가 들어 있었다. 다시 말해 뤼스탕은 채찍질을 할 필요가 없는 명마였다. 그 말은 마치 자기 등에 올라탄 사람의 생각을 읽을 줄 아는 것 같았다. 포장도로를 벗어나 흙길에 들어서자, 그 말은 옥타브가 박차를 가하지 않았는데도 알아서 쏜살같이 달리기 시작했다. 두 시간이 넘게 전력질주를 하고 나서, 기수와 말은 저택으로 돌아왔

---

*　622년 무함마드가 박해를 피해 메카에서 메디나로 이주한 사건. 이슬람력의 기원 원년으로 삼는 역사적 전환점.
**　아라비아 네지 지역에서 자생하던 말. 사막 유목민 베드윈족에 의해 길들여진 것으로 추정된다. 체구는 작지만 총명하고 균형 잡힌 아름다움을 지니고 있다.

다. 한쪽은 마음이 가라앉아 있었고, 다른 한쪽은 벌겋게 달아오른 콧구멍으로 김을 내뿜고 있었다.

가짜 백작은 백작 부인의 처소로 들어갔다. 그녀는 거실에 있었는데, 허리까지 층이 진 주름이 달린 흰색 타프타 드레스를 입고, 한쪽 귀에 리본 매듭을 달고 있었다. 그날이 마침 그녀가 외출하지 않고 집에 머물며 방문객들을 맞는 목요일이었기 때문이다.

"자,"

그녀는 우아한 미소를 지으며 말했다. 그녀의 아름다운 입술 위에서는 투정이 오래 머물 수 없었기 때문이다.

"숲속 길을 달리며 기억을 되찾으셨나요?"

"아 이런, 아니오, 내 사랑,"

옥타브-라빈스키가 대답했다.

"하지만 한 가지 고백할 게 있어요."

"당신 머릿속에 있는 생각들은 내가 미리 다

알고 있지 않나요? 우린 이제 서로에게 더 이상 투명한 존재가 아닌가요?"

"어제 나는 요즘 파리 시내에 소문이 파다한 그 의사를 찾아갔습니다."

"아, 그 발타자르 셰르보노라는 의사 말이지요? 소문에 따르면 그분은 인도에 오래 머무르며 브라만들에게 놀랍고 신비로운 비밀들을 아주 많이 배워왔다면서요? 당신이 나에게 그 의사를 한번 만나러 가보자고 했잖아요. 하지만 나는 호기심이 많은 편이 아니에요. 당신이 나를 사랑한다는 걸 알고 있고, 그 사실만으로도 더 바랄 게 없으니까."

"그 의사는 내 눈앞에서 너무도 기이한 실험을 했고, 기적이라 부를 만한 일들을 보여 주었어요. 그 바람에 나는 아직도 정신이 혼란스러워요. 저항할 수 없는 힘을 지닌 그 기이한 남자는 자기장을 이용하여 나를 아주 깊은 잠에 빠뜨렸답니다. 깨어났을 때 나는 더 이상 예전과 같지 않았어요. 많은 것에 대한 기억을 잃어버렸고, 과거는 흐릿한 안개 속을 떠다니는 듯했지요. 하지만 당신에 대한 사랑만은 온전히 그대로 남아 있었습니다."

"올라프, 그 의사의 힘에 자신을 맡긴 건 잘못한 거예요. 영혼을 창조하신 신만이 영혼을 관장할 권리가 있으니까요. 인간이 그것을 시도하는 건 신성 모독이에요."

프라스코비에 라빈스키 백작 부인은 진지한 어조로 말했다.

"다시는 그곳에 가지 않으셨으면 합니다. 그리고 내가 폴란드어로 당신에게 사랑의 밀어를 전할 수 있게 예전의 당신으로 빨리 되돌아와 줬으면 좋겠어요."

말을 타고 달리는 동안 옥타브는 새로운 삶에서 앞으로 계속 실수들이 일어날 수밖에 없다는 생각이 들었고 그걸 덮기 위한 구실로 자기장 최면을 떠올렸었다. 그러나 그가 넘어야 할 난관은 그것으로 끝나지 않았다. 하인이 문을 두드리며 방문객이 찾아왔다고 알렸다.

"옥타브 드 사빌 씨입니다."

비록 언젠가 이런 만남이 있을 거라고 예상하 긴 했었지만, 진짜 옥타브는 그 말 한마디에 최 후의 심판을 알리는 나팔 소리가 갑자기 귀청을 때리기라도 한 것처럼 새하얗게 질렸다. 그는 있 는 용기를 모두 끌어내고, 이 상황에서 자기가 더 유리한 위치에 있다는 사실을 되뇌면서 비틀 거리지 않으려고 애썼다. 본능적으로 그는 소파 의 등받이를 움켜잡았고, 그 덕분에 아무렇지도 않은 듯 서 있을 수 있었다.

옥타브의 모습을 한 올라프 백작이 백작 부인 쪽으로 다가가 허리를 숙여 인사했다.

"라빈스키 백작님…… 옥타브 드 사빌 씨……"

라빈스카 백작 부인이 두 신사를 서로에게 소 개했다. 두 남자는 냉랭하게 인사를 나누며, 때때 로 끔찍한 감정들을 숨기고 있는, 세속적인 예의라는 대리석 가면을 쓴 채 서로를 날카롭게 쏘아 보았다.

"옥타브 씨, 피렌체에서부터 저에게 섭섭한 마음을 가지고 계셨죠."

백작 부인은 친근하면서도 다정한 목소리로 말했다.

"그래서 파리를 떠나기 전에 꼭 뵙고 싶었어요. 당신은 살비아티 저택에 자주 오셨고, 제가 신뢰할 수 있는 친구 중 한 분이었으니까요."

"부인,"

가짜 옥타브는 어색한 어조로 대답했다.

"그동안 저는 여행도 다니고 몸이 아파 한동안 병상에 누워있기도 했습니다. 당신의 친절한 초대를 받고 나서도, 제가 그 초대에 응해도 될지 고민했지요. 저처럼 재미없고 지루한 사람에게 너그러이 베풀어 주시는 호의를 저만 좋자고 덥석 받아들여 괜히 불편을 끼쳐드려서는 안 된다고 생각했으니까요."

"지루했나? 아니, 지루하진 않았어요."

백작 부인이 대답했다.

"당신은 항상 우울한 편이었죠. 그런데 당신이 좋아하던 시인 중 한 명이 우울함에 관해 이렇게 말하지 않았나요?"

우울함은 악 중에서 나태함 다음으로 가장 선한 악이다.[*]

"그건 행복한 사람들이 고통받는 사람들을 동정하지 않기 위해 퍼뜨리는 헛소리입니다."

올라프-드 사빌이 말했다.

백작 부인은 본의 아니게 그에게 사랑을 품게 한 것에 대해 용서를 구하려는 듯, 더할 나위 없이 부드러운 시선으로 옥타브의 모습을 한 백작을 바라보았다.

---

[*] 프랑스 낭만주의 시인 알프레드 뮈세의 〈초기 시집〉에 나오는 구절.

"당신은 저를 실제의 저보다 더 경박한 사람이라고 생각하시는군요. 저는 진정한 고통 앞에서 당연히 연민을 느낍니다. 그리고 제가 그 고통을 덜어드릴 수는 없다 하더라도, 그 고통에 공감할 줄은 압니다. 친애하는 옥타브 씨, 저는 당신이 행복하기를 바랐어요. 하지만 왜 당신은 스스로 슬픔 속에 틀어박혀, 앞으로 펼쳐질 삶을, 그 삶이 가져다줄 행복과 즐거움을, 그리고 삶이 요구하는 의무를 거부하셨나요? 왜 제가 드린 우정을 받아들이지 않으셨나요?"

　그토록 명료하고 솔직한 문장들을 두 남자는 각기 다르게 받아들였다. 옥타브는 그녀가 살비아티 정원에서 내린 판결을, 결코 거짓으로 더럽혀진 적이 없는 그 아름다운 입술로 다시 한번 확인시켜 주는 것으로 받아들였다. 올라프는 그 말에서 그 여인의 변하지 않는 정결함을 확인했고, 사악한 계략이 아니고서는 그녀를 무너뜨릴 수 없다는 증거를 찾았다. 하지만 다른 영혼이

235

들어간 자신의 분신이 자기 집에서 주인 행세를 하는 걸 보고, 그는 갑작스러운 분노에 사로잡혔다. 그는 곧 그 가짜 백작에게 달려들어 그의 목을 조르며 말했다.

"이 도둑놈, 날강도, 악당, 내 몸을 돌려줘!"

너무도 놀라운 그 행동을 보고, 백작 부인이 종을 울렸다. 하인들이 달려와 백작을 끌어냈다.

"가엾은 옥타브가 미쳐버렸나 봐요!"

올라프가 헛되이 발버둥을 치면서 끌려 나가는 동안, 프라스코비에가 말했다.

"네."

진짜 옥타브가 대꾸했다.

"사랑 때문에 미쳐버렸군요! 부인, 당신은 정말 지나치게 아름다우니까요!"

XI

그런 소동이 일어나고 두 시간이 지난 뒤, 가짜 백작은 진짜로부터 옥타브 드 사빌의 인장을 찍어 봉인한 편지 한 통을 받았다. 모든 것을 빼앗긴 그 불행한 남자는 다른 인장을 사용할 수 없었다. 올라프 라벤스키의 정체를 강탈한 자는 자신의 문장으로 봉인된 편지를 뜯으면서 묘한 기분이 들었다. 하지만 이 비정상적인 상황에서는 모든 것이 이상할 수밖에 없었다.

그 편지는 힘겹게 써 내려간 듯한 필체로, 뭔가 위조된 듯한 인상을 주었다. 올라프는 옥타브의 손으로 글을 쓰는 것에 익숙하지 않았기 때문이었다. 그 편지의 내용은 다음과 같았다.

만약 이 편지를 다른 사람이 읽는다면 아마도 정신병원에 수감된 환자가 쓴 것처럼 보이겠지만, 당신은 내 말을 이해할 것입니다. 설명할 수 없는 일련의 치명적인 상황들, 아마도 지구가 태양 주위를 돌기 시작한 이후로 한 번도 일어나지 않았을 사건들로 인해, 나는 이제껏 그 누구도 한 적이 없는 행동을 하게 되었습니다. 나는 나 자신에게 편지를 쓰고, 받는 사람의 주소에 내 이름을 적습니다. 바로 내 이름, 당신이 내 몸과 함께 빼앗은 이름을 말입니다. 내가 어떤 음험한 음모의 피해자인지, 내가 어떤 지옥 같은 환상의 세계에 발을 들여놓았는지, 나는 알지 못합니다. 아마 당신은 알고 있겠지요. 내 총의 총구나 내 칼끝이 당신에게 그 비밀에 대해 물을 것입니다. 당신이 겁쟁이가 아니라면, 이것을 받아들여야 합니다. 우리가 마주할 그 땅에서는, 명예로운 사람이든 비열한 사람이든 상관없이, 그 질문에 답을 해야 할 겁니다.

내일, 우리 둘 중 하나는 더 이상 하늘의 빛을 볼 수 없게 될 것입니다. 세상이 아무리 넓다고 해도, 이제 우리 두 사람은 같은 하늘 아래 살아갈 수 없습니다. 당신의 사기꾼 같은 영혼에 지배당하고 있는 내 몸을 내 손으로 죽이든지, 아니면 분노하는 내 영혼이 갇혀있는 당신 몸을 당신 손으로 죽이든지, 방법은 그것밖에 없습니다. 나를 미치광이로 몰아가려 하지 마십시오. 나는 이성적으로 행동하려 노력할 것입니다. 그리고 어디서든 당신을 만나면, 나는 신사답게 예의를 갖추고 외교관처럼 냉담하게 당신을 모욕할 겁니다. 올라프 라빈스키 백작의 콧수염이 온타브 드 사빌 씨의 마음에 들지 않을 수도 있고, 오페라 극장 출구에서 사람들은 날마다 서토 발을 밟고 지나가지요. 하지만 나의 분노는 그런 사소한 불쾌감이나 충돌 같은 것 때문이 아닙니다. 모쪼록, 내 글에 알아듣기 힘든 부분들이 있다 하더라도, 당신만큼은 분명히 알아들었기를 바랍니다.

　덧붙여, 내 증인들이 당신의 증인들과 결투

시간과 장소, 조건을 완벽하게 조율해 결정할 것으로 믿습니다.

그 편지는 옥타브를 큰 혼란에 빠뜨렸다. 그는 백작의 결투 신청을 거절할 수 없었지만, 그렇다고 자신의 모습을 한 그와 싸우는 것은 내키지 않았다. 이전의 자기 몸에 어느 정도 애착이 남아 있었기 때문이었다. 하지만 그는 명백히 모욕을 당했다고 느꼈기 때문에 결투를 받아들일 수밖에 없었다. 사실 상대를 정신병자로 몰아 공권력으로 제압하는 방법도 있었지만, 그런 비열한 방법은 그의 고결한 성품에 어울리지 않았다. 거스를 수 없는 열정에 사로잡혀, 그 어떤 유혹에도 넘어가지 않는 정결한 여인을 정복하기 위해 자신의 얼굴을 남편의 가면 아래 숨기는 비난받을 짓을 저지르긴 했어도, 그는 결코 명예와 용기를 저버린 인간은 아니었다. 게다가 그런 극단적인 선택은, 삼 년이라는 세월 동안 고통에 몸부림치다가 사랑 때문에 고갈되어버린 그의 생명이 그를 막 떠나려던 순간에 이르러서야 내린 결정이었다. 그는 백작을 알지도 못했고, 친구도 아니었으며, 그에게 어떤 빚도 지고 있지 않았다. 다만 발타자르 셰르보노 박사가 제시한 위험한 수단을 이용했을 뿐이었다.

증인들을 어디서 구할 것인가? 아마 백작의 친구들 가운데에서 찾을 수 있을 것이다. 그러나 옥타브는 이 저택에 머문 지 하루밖에 되지 않아 그들과 친분을 쌓을 시간이 없었다.

벽난로 위에는 금빛 용 모양의 손잡이가 달린 청록색 균열 자기 그릇 두 개가 놓여있었다. 하나에는 반지, 핀, 인장, 그 외에 자잘한 보석들이 담겨 있었고, 다른 하나에는 명함들이 가득했는데, 공작, 후작, 백작의 코로넷* 아래 고딕체, 원형체, 필기체로 새겨진 수많은 폴란드, 러시아, 헝

---

* 귀족이 머리에 쓰는 관이나 귀족의 문장에 새겨지는 관.

가리, 독일, 이탈리아, 스페인 이름들이 보였다. 이는 백작이 많은 나라를 여행하며 살아왔고, 세계 곳곳에 친구를 두고 있다는 것을 말해주고 있었다. 옥타브는 눈에 띄는 대로 두 장을 집어 들었다. 자모이에츠키 백작과 세풀베다 후작이었다. 그는 말을 준비하라고 지시한 뒤, 그들의 집으로 향했다. 두 사람 모두 집에 있었다. 그들은 자신들을 찾아온 이를 올라프 라빈스키 백작이라고 생각했기 때문에, 그의 요청에 전혀 놀라지 않았다. 그들의 태도는 부르주아 증인들이 흔히 보이는 감상적인 태도와는 거리가 멀었다. 그들은 일이 원만히 해결될 수는 없는지 묻지도 않았고, 결투 이유에 대해서도 세련된 침묵을 지켰다. 진정한 신사들이었기 때문이다.

한편, 진짜 백작, 다시 말해 가짜 옥타브 역시 비슷한 곤란에 처해 있었다. 그는 알프레드 웅베르와 귀스타브 랭보를 떠올렸다. 그들과의 점심 식사를 거절했던 게 생각났다. 그는 그 식사 자리에 찾아가 그들에게 도움을 청해야겠다고 마음먹었다. 두 젊은이는 그가 결투를 벌인다는 사실에 적잖이 놀라워했다. 그들이 알기로, 그는 거의 일 년 동안이나 방 밖으로 나가지 않았고, 싸움을 좋아하지 않는 조용한 친구였기 때문이었다. 그러나 그가 이유를 밝힐 수 없는 생사를 건 결투라고 말하자, 그들은 더는 군말 없이 라빈스키 저택으로 향했다.

결투 조건은 곧 결정되었다. 동전을 공중에 던져 어떤 무기를 사용할지 결정했는데, 양쪽 모두 검이든 권총이든 어느 쪽이라도 상관없다고 했다. 약속된 시간은 아침 여섯 시, 장소는 불로뉴 숲 내의 포토 거리였다. 기둥 위에 초가지붕을 얹은 정자 근처에 나무가 없고 바닥이 모래로 판판하게 다져진 꽤 넓은 빈터가 있었는데, 이런 종류의 결투를 치르기에 아주 적합한 장소였다.

모든 것이 결정되었을 때는 자정이 가까워져

있었다. 옥타브는 프라스코비에의 처소로 향했다. 어제처럼 방문은 빗장이 채워져 있었다. 백작부인의 장난기 어린 목소리가 비아냥거리듯 문 너머에서 들려왔다.

"폴란드어를 할 수 있게 되면 그때 다시 오세요. 나는 애국심이 너무 강해 내 거처에 외국인을 들일 수가 없답니다."

아침이 되자, 옥타브에게 미리 연락을 받은 세르보노 박사가 수술 도구가 든 가방과 붕대 꾸러미를 들고 저택에 도착했다. 그들은 함께 마차에 올랐다. 자모이에츠키 백작과 세풀베다 후작은 자신들의 쿠페 마차를 타고 뒤따랐다.

"아, 친애하는 옥타브,"

박사가 말했다.

"그러니까, 이번 모험이 벌써 비극으로 치닫고 있는 겁니까? 당신 몸 안의 백작을 한 여드레쯤 내 소파에 잠들어 있게 두었어야 했는데. 그런데 그 한계를 넘어 자기 수면 상태에 그대로 놔둬

버렸어요.* 하지만 아무리 인도의 브라만과 힌두
교 현자, 고행자들에게서 지혜를 배우고 연구했
다고 해도 항상 뭔가를 빠뜨리기 마련이고, 아주
치밀하게 세운 계획에도 결함이 있기 마련이지
요. 그건 그렇고, 프라스코비에 백작 부인은 이렇
게 변신한 모습으로 이탈리아 피렌체에서 온 그
녀의 연인을 어떻게 맞이하던가요?"

"내 생각에는,"

옥타브가 대답했다.

"이렇게 변신했는데도 나를 알아본 것 같아요.
아니면 그녀의 수호천사가 나를 경계하라고 귀
띔해줬는지도 모르지요. 그녀는 마치 극지방의
눈처럼 순수하고, 차갑고, 정결했습니다. 그녀의
섬세한 영혼은 사랑하는 사람의 외관 뒤에 숨은

---

*   올라프를 자기 수면 상태에 빠뜨린 뒤 여드레쯤 그대로 두
    었어야 했는데 그것보다 더 오래 최면 상태를 연장시켜 사
    달이 났다고 후회하는 이 장면은 앞의 내용에서는 옥타브
    가 떠나고 금방 올라프를 깨운 것으로 되어 있다. 원작에서
    시간 설정에 착오가 있었던 것으로 보인다.

낯선 영혼을 감지했을 겁니다. 내가 분명히 말씀 드리지 않았습니까, 당신은 나에게 아무것도 해 줄 수 없다고요. 당신이 처음 나를 만나러 왔을 때보다 나는 훨씬 더 불행해졌어요."

"누가 영혼의 능력에 한계를 정할 수 있겠습니까?"

셰르보노 박사는 뭔가를 골똘히 생각하고 있는 듯한 표정으로 말했다.

"특히 그 영혼이 어떤 세속적인 생각에도 영향을 받지 않고, 인간의 오물이 묻지 않은 채 창조자의 손에서 빚어진 그대로, 빛과 사랑의 관조 속에 유지된다면 말입니다. 네, 맞습니다. 그녀는 당신을 알아봤어요. 그녀의 천사 같은 순수함은 욕망의 시선 아래에서 떨며 본능적으로 그 하얀 날개로 자신을 감쌌습니다. 정말 안타깝군요, 가엾은 옥타브 씨! 이제 당신의 병은 치유가 불가능합니다. 지금이 중세 시대라면 아마 나는 당신에게 이렇게 말하고 있을 겁니다. '수도원으로 들어가세요.'"

"나도 그런 생각을 안 해본 건 아닙니다."

옥타브가 대답했다.

목적지에 다다랐다. 가짜 옥타브의 쿠페 마차는 이미 지정된 장소에 서 있었다.

이른 아침의 숲은 말 그대로 그림 같은 모습을 하고 있었다. 하지만 낮이 되면 그처럼 고요하고 그림 같은 매력은 사라진다. 아직 이른 여름이어서 햇살이 그리 강하지 않아 나뭇잎이 밝고 선명한 연초록색을 띠고 있었다. 이른 아침, 밤새 이슬에 씻긴 신선하고 투명한 색조가 숲속 덤불마다 은은하게 스며 들어 있었고, 어린 식물들의 향기가 공기 중에 퍼져있었다. 이곳의 나무들은 특히 아름다웠다. 나무들이 더 비옥한 땅을 만나 자랐거나, 아니면 오래된 숲 터에서 홀로 살아남았기 때문일 수도 있었다. 억센 줄기는 이끼로 덮이거나 은빛 나무껍질로 매끈하게 빛을 발하며 땅속 깊숙이 단단하게 뿌리를 내리고 있었고,

나뭇가지들은 기이한 형태로 사방으로 뻗어있어서, 화가나 장식가들이 희귀한 형태를 멀리 찾아 나설 필요 없이 이곳에서 충분히 원하는 것을 찾을 수 있을 듯했다. 몇몇 새들이 나뭇잎 사이에서 즐겁게 지저귀고 있었다. 낮에는 소음에 가려져 들리지 않는 소리였다. 어딘가에 있던 토끼 한 마리가 마차 바퀴 소리에 놀라, 단 세 번의 도약으로 모랫바닥을 가로지르며 수풀 속으로 달려가 몸을 숨겼다. 이처럼 날것 그대로의 자연이 선사하는 놀라운 시는, 결투를 눈앞에 둔 두 사람과 증인들에게는, 여러분이 생각하듯 별로 큰 관심을 끌지 못했다.

셰르보노 박사를 본 올라프 라빈스키 백작의 얼굴에 불쾌한 빛이 스쳤다. 하지만 그는 이내 냉정을 되찾았다. 칼 길이를 재고, 두 결투자에게 자리를 지정했다. 두 사람은 겉옷을 벗은 뒤, 각자 검을 세워 끝을 맞대며 결투 자세를 취했다.

증인들이 외쳤다.

"시작!"

어떤 결투에서든, 결투자들이 아무리 사력을 다한다고 하더라도, 엄숙한 정지의 순간이 있다. 결투자들은 각자 조용히 상대를 살피며 계획을 세우고, 공격을 구상하고 반격을 준비한다. 그러고 나서 검들이 서로를 탐색하고 자극하다가, 마침내 맞닿아 서로를 시험한다. 그 시간은 불과 몇 초밖에 되지 않지만, 불안 속에서 지켜보는 이들에게는 몇 분, 심지어 몇 시간처럼 느껴진다.

여기 이 결투에서, 지켜보는 사람들의 눈에는 여느 결투와 다를 바 없어 보였지만, 결투하는 당사자들에게 이 상황은 너무도 기이한 것이어서, 두 사람은 상대를 노려만 볼 뿐 쉽게 칼을 휘두르지 못하고 오랫동안 대치하고 있었다. 사실, 그들은 각자 자신의 몸을 눈앞에 마주하고 있었고, 검으로 찔러야 할 대상은 어제까지 자신의 것이었던 육체였다. 그 결투는 예기치 않은 자살의 형태를 띠고 있었다. 두 사람 모두 용감했음에도 불구하고, 옥타브와 백작은 자기 자신의 몸을 향해 칼을 들고 맞서야 하는 이 상황에 본능적인 공포를 느꼈다.

조급해진 증인들이 다시 한번

"자, 두 분, 어서 시작하시죠!"

라고 외치려는 순간, 마침내 칼과 칼이 서로 맞부딪쳤다.

몇 차례 공격과 방어가 빠르게 오갔다.

백작은 실전 경험이 풍부한 뛰어난 전사였다. 그는 가장 유명한 장인들이 만든 갑옷도 뚫을 만큼 검술 실력이 출중했다. 하지만 머리로는 단칼에라도 상대를 쓰러뜨릴 수 있었지만, 이제 그에게는 그런 실력을 발휘할 수 있는 강한 팔이 없었다. 한때는 샤밀의 무리드들과 맞서 칼날을 휘두르던 팔이었지만, 지금 그 칼을 쥐고 있는 것은 옥타브의 약한 손목이었다.

그와는 반대로, 백작의 몸을 빌린 옥타브는 자

기도 모르는 강한 힘을 느끼고 있었다. 비록 검술이 백작보다 서투르긴 했지만, 그는 자신의 가슴을 향해 날아오는 칼날을 계속 막아냈다.

올라프는 헛되이 상대에게 닿으려 애쓰며 무모한 공격을 감행했지만, 옥타브는 아주 침착하게 모든 헛된 공격을 간파하고 거침없이 막아냈다. 분노가 백작을 사로잡기 시작했다. 그의 움직임은 점점 더 둔해지면서 엉망이 되어갔다. 그는 옥타브 드 사빌로 남을 바에야 차라리 프라스코비에를 속일 수 있는 이 가짜 몸을 죽이고 싶었다. 그 생각은 그를 말로 표현할 수 없는 분노로 몰아넣었다.

그는 자신이 찔릴 위험을 무릅쓰고, 정면 공격을 시도하여 자신의 몸을 뚫고서라도 상대의 영혼과 생명을 겨누려 했다. 그러나 옥타브의 칼이 너무도 민첩하고 단호하게 날아들며 그의 칼과 뒤엉켰고, 그 바람에 칼이 손에서 빠져나가 공중으로 튕겨 오른 뒤, 몇 걸음 떨어진 곳에 떨어져 버렸다.

이제 올라프의 목숨은 옥타브의 손에 달려 있었다. 옥타브가 다가가 올라프의 심장에 칼을 찔러넣기만 하면 되었다. 백작의 얼굴이 일그러졌다. 그건 죽음이 두려워서가 아니라, 이제는 자신의 몸을 훔친 도둑에게 자신의 아내마저 영원히 빼앗기게 되었다는 절망감 때문이었다. 이제는 그 무엇으로도 그 백작이 가짜라는 사실을 밝혀낼 수 없을 터였다.

하지만 옥타브는 자신의 유리한 상황을 이용하기는커녕 칼을 던져버리고, 증인들에게 끼어들지 말라고 손짓하며, 어리둥절한 백작을 일으켜 세운 뒤 팔을 붙잡고 숲속 깊은 곳으로 데리고 갔다.

"지금 뭘 하자는 겁니까?"

백작이 말했다.

"기회가 왔는데 왜 날 죽이지 않았던 거죠? 칼을 놓친 상대를 찌르는 것이 꺼려졌다면, 내가 칼을 다시 집게 한 뒤 결투를 계속하지 그랬습니까? 태양 아래 우리의 두 그림자가 같은 모래 위에 함께 드리워질 수 없다는 것쯤은 당신도 잘 알고 있지 않습니까. 결국 이 땅은 우리 둘 중 한 사람을 삼켜야 합니다."

"차분히 내 말을 들어보세요."

옥타브가 대답했다.

"당신의 행복은 내 손에 달려있습니다. 나는 지금 내 영혼이 들어가 있는 이 육신을 영원히 차지할 수 있습니다. 당신이 정당한 소유권을 갖고 있는 이 몸을 말입니다. 다행히 지금 이곳에는 증인도 없고, 말 못하는 새들만이 우리의 이야기를 듣고 있습니다. 만일 우리가 결투를 다시 시작한다면, 나는 당신을 죽일 겁니다. 내가 몸을 차지하고 있는 올라프 라빈스키 백작은 옥타브 드 사빌보다 검술 실력이 훨씬 더 뛰어나니까요. 그리고 지금 당신은 옥타브의 모습을 하고 있지만, 참으로 유감스럽게도 나는 그 육신을 제거할 수밖에 없을 겁니다. 그리고 그 죽음은 내 영혼이 살아남는다는 점에서 실제의 죽음은 아니겠지만, 그럼에도 불구하고 내 어머니는 큰 슬픔에 빠지겠지요."

백작은 그의 말이 하나도 틀리지 않았다는 것을 인정하며, 동의하는 듯한 침묵을 지켰다.

"결코,"

옥타브가 말을 계속했다.

"내가 반대하는 한, 당신은 절대로 당신의 진짜 모습으로 되돌아가지 못할 것입니다. 당신은 이미 두 번이나 시도했지만, 그 끝이 어땠는지 보지 않았습니까? 또다시 시도했다가는, 당신은 망상에 사로잡힌 미치광이 취급을 받게 되겠지요. 이 세상 그 누구도 당신의 주장을 단 한마디도 믿지 않을 것이고, 당신이 스스로를 올라프 라빈스키 백작이라고 주장하는 순간, 이미 겪어 보았듯이, 모두가 당신의 얼굴에 대고 웃음을 터뜨릴 것입니다. 당신은 결국 정신병원에 갇혀,

샤워기 아래에서* 자신이 정말로 아름다운 프라스코비에 라빈스카 백작 부인의 남편이라고 헛되이 부르짖으며 남은 생을 보내게 될 것입니다. 동정심 많은 사람들은 당신을 보며 '아, 가엾은 옥타브!'라고 말하겠지요. 당신은 자신이 죽지 않았다는 것을 증명하려 했던 발자크의 샤베르** 처럼 끝내 무시당할 겁니다."

그 말은 논리적으로 너무나 완벽한 사실이어서, 낙담한 백작은 고개를 떨구어 가슴에 묻었다.

"현재 당신은 옥타브 드 사빌이기 때문에, 당연히 그의 서랍을 뒤져 이런저런 것들을 훑어보았을 겁니다. 그러니 당신이 모를 리 없겠지요. 그가 지난 삼 년 동안 프라스코비에 라빈스카 백

---

*   19세기 프랑스 정신병원에서는 환자에게 강제 냉수 샤워를 가하는 일이 흔했다. 이는 치료의 일환이자 통제와 처벌의 수단이기도 했다.

**   발자크의 소설《당나귀 가죽》에 등장하는 인물로, 전투 중 전사자로 처리된 나폴레옹 휘하 대령이 살아 돌아와 자신의 생존을 증명하려다 정체성 혼란과 사회적 부적응을 겪는다. 문학과 철학에서 죽음과 삶, 정체성과 존재 증명의 주제로 자주 다루어지는 인물이다.

작 부인을 향한 미칠 듯이 격렬한, 희망 없는 사랑을 품어 왔고, 그 사랑을 마음에서 떼어내려 온갖 애를 써봤지만 끝내 떼어낼 수 없었으며, 그 사랑은 그의 생명이 끝나야만 사라질 거라는 것, 아니 어쩌면 그의 무덤 속까지도 따라 들어갈 거라는 것을 말입니다."

"예, 알고 있습니다."

백작이 입술을 깨물면서 말했다.

"그래서 나는 그녀에게 다가가기 위해 끔찍하고 무시무시한 방법을 썼습니다. 광기에 가까운 열정만이 감히 시도할 수 있는 방법이었지요. 셰르보노 박사는 나를 위해 어느 시대 어느 나라의 기적술사들도 뒷걸음질 치게 할 만한 일을 감행했습니다. 그는 우리 두 사람을 깊은 잠에 빠뜨린 뒤, 자기장으로 우리의 영혼을 서로의 몸에 바꾸어 옮겨놓았습니다. 하지만 결과적으로 그건 무의미한 기적이었어요! 이제 당신 몸을 돌려드리겠습니다. 프라스코비에는 나를 사랑하지 않습니다! 그녀는 남편의 형상 속에 들어 있는 다른 남자의 영혼을 알아보았고, 그녀의 시선은 살비아티의 저택 정원에서 그랬던 것처럼 침실 문턱에서 차갑게 얼어붙었습니다."

옥타브의 말투에 너무도 진정 어린 슬픔이 배어 있었기 때문에, 백작은 그의 말을 믿지 않을 수 없었다.

"나는 도둑이 아닙니다. 사랑에 빠진 한 사람입니다."

옥타브가 미소 지으며 덧붙였다.

"그리고 이 세상에서 내가 원하는 유일한 것이 내 것이 될 수 없는데, 당신의 작위와 성과 영지, 재산, 하인들과 말, 무기 같은 것들을 가지고 있어 봐야 무슨 소용이 있겠습니까? 자, 갑시다. 내 팔을 잡으세요. 화해한 것처럼 보이게 합시다. 증인들에게 감사를 표하고, 셰르보노 씨를 데리고 우리의 몸이 뒤바뀌었던 그 마법의 실험실로 돌아갑시다. 그 늙은 브라만이라면, 자기가 한 일을 원래대로 되돌려놓을 수 있을 겁니다.”

“신사 여러분,”

옥타브는 몇 분 더 올라프 라빈스키 백작의 역할을 유지하며 말했다.

“저와 제 결투 상대는 서로 오해를 풀었고, 따라서 싸움을 계속할 이유가 없어졌습니다. 명예를 아는 신사들 사이에서 서로의 입장을 분명히 밝히고 오해를 푸는 데에는, 실제로 칼날을 잠시 부딪쳐 보는 것만큼 효과적인 방법도 없지요.”

자모이에츠키 백작과 세풀베다 후작은 자신들의 마차에 다시 올라탔다. 알프레드 웅베르와 귀스타브 랭보도 자신들의 쿠페로 돌아갔다. 올라프 라빈스키 백작, 옥타브 드 사빌, 그리고 셰르보노 의사는 서둘러 르가르 거리로 향했다.

XII

블로뉴 숲을 지나 르가르 거리까지 가는 동안, 옥타브 드 사빌이 발타자르 셰르보노 박사에게 말했다.

"셰르보노 박사님, 나는 다시 한번 당신의 의학 실험 대상이 되겠습니다. 각자의 영혼을 원래의 거처로 되돌려 놓아주세요. 그건 어렵지 않으실 겁니다. 라빈스키 백작님께서도, 박사님이 그의 웅장한 궁전을 작은 오두막과 바꿔놓고 몇 시간 동안 그 빛나는 인격을 제 초라한 육체 속에 머물게 했다고 해서 화내시지 않으리라 믿습니다. 게다가 박사님은 그 어떤 복수도 전혀 두려워할 필요가 없는 힘을 지니고 계시지요."

셰르보노 의사는 동의의 표시로 고개를 끄덕인 뒤 말했다.

"이번 시술은 이전보다 훨씬 간단할 겁니다. 당신들의 영혼을 육체에 붙들어 두고 있던 미세한 실들이 얼마 전 끊어졌고, 아직 다시 엮일 시간조차 없었습니다. 그러니 당신들의 의지가 최면 시술에 걸림돌이 되는 일은 없을 겁니다. 그리고 라빈스키 백작님께서는, 나 같은 늙은 학자가, 실험 대상을 찾기 힘든 이런 절호의 기회 앞에서 끝내 유혹을 이기지 못한 것을 너그러이 용서해 주시리라 믿습니다. 더구나 이번 시도 덕분에, 세심하고 직관적인 통찰력을 발휘해, 다른 여인이었더라면 넘어가고 말았을 상황을 지혜롭게 이겨낸 한 고결한 품성을 분명하게 확인할 수 있었으니까요. 원하신다면, 이번의 일시적인 변화를 기이한 꿈이었다고 생각하셔도 좋습니다. 하지만 아마 나중에는, 극소수만이 경험할 수 있었던, 두 개의 몸에서 거주해 본 이 기이한 경험을 결코 후회하지 않으실 겁니다. 영혼 윤회나 영혼 교환은 새로운 이론이 아닙니다. 다만 다른 육신으로 옮겨가기 전에 영혼은 망각의 잔을 마십니다. 모든 사람이 피타고라스처럼 트로이 전쟁에 참여했던 기억을 그대로 간직할 수 있는 것*은 아니지요."

"내가 내 몸을 빼앗겼을 때 겪었던 불쾌함과 불편함은,"

백작이 정중하게 대답했다.

"나에게 내 돈을 되돌려주시는 것으로 다 상쇄될 것입니다. 이건 아직은 나지만 이제 곧 내가 아니게 될 옥타브 드 사빌 씨에게 어떤 악의를 갖고 하는 말이 아닙니다."

그 말이 자신의 모습을 한 남의 입에서 나오는 것을 보고, 옥타브는 라빈스키 백작의 입술로 웃었다. 세 사람 사이에 침묵이 흘렀다. 그들의 비정상적인 상황이 더 이상 대화를 이어가기 어렵게 만들었기 때문이다.

---

*   고대 그리스의 철학자이자 수학자인 피타고라스가 자신의 전생을 기억한다고 주장하는 여러 유명한 일화가 전해진다. 그는 영혼의 윤회와 불멸을 믿었으며, 가장 잘 알려진 일화는 그가 트로이 전쟁 당시 메넬라오스에게 죽임을 당한 영웅 에우포르보스의 환생이라는 것이다.

불쌍한 옥타브는 자신의 사라진 희망을 생각했다. 솔직히 말하자면, 그의 생각들은 결코 장밋빛이라 할 수 없었다. 사랑하는 사람에게 거절당한 사람이라면 누구라도 그렇듯이, 그도 자기가 왜 사랑받지 못했는지 여전히 자문하고 있었다. 마치 사랑에 이유가 있기라도 한 것처럼! 하지만 사랑에 대해 내놓을 수 있는 유일한 이유는 '그냥'뿐이다. 아주 간결하면서도 논리적인 대답이다. 이는 여자들이 난처한 질문에 맞서 언제나 내세우는 대답이기도 하다. 그러나 그는 스스로 패배했음을 인정하고 있었고, 셰르보노 박사에 의해 잠시 다시 감겼던 생명의 태엽이 망가져, 바닥에 떨어뜨린 시계의 태엽처럼 그의 심장 속에서 바스락거리며 떨고 있는 것을 느끼고 있었다.

옥타브는 자살로 어머니에게 슬픔을 안겨주고 싶지 않았고, 그래서 그럴듯한 병명으로 위장해, 아무도 모르는 슬픔을 혼자 몰래 끌어안고 조용히 사라져갈 장소를 찾고 있었다. 만약 그가 화가나 시인, 혹은 음악가였다면, 자신의 고통을 걸작들로 승화시켰을 것이고, 흰옷을 입고 별의 왕관을 쓴 프라스코비에는 단테의 베아트리체처럼 빛나는 천사가 되어 그의 영감을 비추어주었을 것이다. 그러나 이 이야기를 시작할 때 이미 말했듯이, 옥타브는 교양과 품위를 갖춘 인물이긴 했지만, 이 세상에 자신만의 흔적을 남길 만큼 그렇게 천재적인 인물은 아니었다. 깊고 숭고한 그의 영혼은 사랑하고 죽는 것밖에는 아무것에도 관심이 없었다.

마차는 르가르 거리에 있는 유서 깊은 저택의 안마당으로 천천히 들어섰다. 안마당에는 방문객들이 지나다닐 수 있도록 포석이 깔려 있었고, 포석 사이사이에 초록 풀이 돋아나 있었다. 높은 회색 벽들이 수도원의 회랑 안처럼 안마당 전체에 차가운 그림자를 드리우고 있었다. 그리고 학자의 명상을 보호하기 위한 두 개의 보이지 않는 조각상처럼 정적과 고요가 현관 문턱을 지키고 서있었다.

옥타브와 백작이 먼저 내렸고, 뒤이어 의사가 그의 나이치고는 아주 날렵하게 발판을 밟고 마차에서 내렸다. 그는 하인들이 으레 나이가 많거나 몸이 약한 사람들이 마차에서 쉽게 내릴 수 있도록 공손하게 내미는 팔에도 전혀 의지하지 않았다.

양문형 문이 그들 뒤에서 닫히자마자, 올라프와 옥타브는 뜨거운 공기 속에 휩싸이는 느낌을 받았다. 인도를 떠올리게 하는 그 후덥지근한 공기 속에서, 열대지방의 태양 아래 삼십 년을 구워지고 태워진 발타자르 셰르보노는 편하게 숨을 쉴 수 있었지만, 다른 두 사람은 숨이 막혀 죽을 것만 같았다.

비슈누의 화신들은 여전히 액자 속에서 얼굴을 찡그리고 있었는데, 낮에 보니 불빛 아래에서 볼 때보다 훨씬 더 기괴해 보였다. 파란 시바 신[*]은 받침대 위에서 비웃는 듯한 웃음을 띠고 있었고, 두르가[**]는 멧돼지 이빨로 거칠고 딱딱한 입술을 물어뜯으며 해골 염주를 흔들고 있는 것 같았다. 집 안은 여전히 신비롭고 마법 같은 분위기를 간직하고 있었다.

발타자르 셰르보노는 첫 번째 영혼 교체가 행해졌던 방으로 두 사람을 안내했다. 그는 전기 장치의 유리 원반을 돌리고, 최면 상자의 쇠막대를 흔들고 난 뒤, 밸브를 열어 온도를 빠르게 높였다. 그런 다음, 너무 낡아서 금방이라도 먼지가 되어버릴 것 같은 고대 파피루스들을 들고 몇 구절 읽었다. 몇 분이 흐르고 난 뒤, 의사가 옥타브와 백작에게 말했다.

"신사분들, 준비는 다 되었습니다. 자, 이제 시

---

[*]   힌두교의 파괴와 창조의 신으로, 세상의 모든 독을 삼켜 목이 파랗게 변했다는 전설이 전해진다.
[**]   힘과 전쟁을 관장하는 인도 신화의 여신.

작할까요?”

발타자르 셰르보노 박사가 준비에 몰두하고 있는 동안, 백작의 머릿속에는 불안한 생각들이 스쳐 지나갔다.

“내가 잠들게 되면, 저 늙은 마법사, 원숭이 얼굴을 한 저 사람이 내 영혼을 어떻게 할까? 어쩌면 그는 진짜 악마일지도 모른다. 그가 정말로 내 영혼을 내 몸에 되돌려놓을까? 아니, 내 영혼을 지옥으로 데려가는 건 아닐까? 내가 지금 하려고 하는 이 교환이 또 다른 함정은 아닐까? 알 수 없는 마술적인 음모로 나를 구렁텅이에 빠뜨리려는 건 아닐까? 그렇지만 설사 무슨 일이 벌어진다 해도, 지금보다 더 나빠지진 않겠지. 옥타브가 내 몸을 차지하고 있다. 그가 오늘 아침에 아주 정확히 말했듯이, 지금의 내 모습으로 원래의 몸을 되찾겠다고 나선다면 나는 미친놈으로 내몰려 정신병원에 감금될 게 뻔하다. 만약 그가 나를 완전히 없애버리고 싶었다면, 그 자리에서 당장 칼끝을 꽂기만 하면 되었을 것이다. 나는 칼을 놓친 채 무방비 상태로 그의 손아귀에 놓여 있었으니까. 생사여탈은 전적으로 그의 뜻에 달려 있었다. 인간의 법은 거기에 끼어들 여지가 없었다. 이번 결투는 법적인 절차를 모두 갖춘 정당한 것이었고, 모든 것은 관례에 따라 이루어졌으니까. 자, 이제 프라스코비에를 생각하자, 그리고 어린아이 같은 두려움은 떨쳐버리자! 내가 그녀를 되찾을 수 있는 유일한 방법을 시도해 보자!"

백작은 옥타브처럼 세르보노 박사가 내민 쇠막대를 잡았다. 금속 전극에서 과도하게 흐르는 자기 유체에 감전된 두 젊은이는 곧 깊은 무의식 상태에 빠져들였다. 아무런 사전 지식이 없는 사람들의 눈에는 그들이 죽은 것처럼 보였을 것이다. 의사는 손동작과 함께 의식을 행하면서, 지난번과 같은 방식으로 마법의 주문을 외웠다. 그러자 곧, 옥타브와 백작의 몸 위에 떨리는 작은 불꽃이 각각 하나씩 나타났다. 의사는 올라프 라빈스키 백작의 영혼을 그의 원래 거처로 인도했다. 그 영혼은 마치 자석에 이끌리듯, 자기장을 일으키는 의사의 손짓을 따라 자기가 가야 할 곳을 향해 빠르게 날아갔다.

그 사이에 서서히 올라프의 몸에서 빠져나오고 있던 옥타브의 영혼은 자신의 몸으로 돌아가기보다는, 자유롭게 해방된 것을 기뻐하며 점점 더 높이 날아올랐다. 그 영혼은 자신의 감옥으로 되돌아가야 한다는 것에는 전혀 관심이 없는 듯했다. 의사는 날개를 퍼덕이며 멀리 떠나려 하는 그 프시케를 보고 연민을 느꼈다. 그 가엾은 영혼을 다시 비참한 세상으로 되돌려놓는 것이 과연 옳은 일일까, 그는 고민했다. 그가 잠시 망설이는 동안에도 옥타브의 영혼은 계속 날아올라갔다. 자기가 해야 할 임무를 기억해낸 발타자르 셰르보노는 목소리에 더할 수 없는 권위를 실어 그 저항할 수 없는 단음절을 반복하며,

강력한 의지를 담아 번개를 내리치는 듯한 손
동작을 취했다. 그러나 이미 자기장의 범위에서
벗어난 그 작은 빛은 창문 위쪽 유리 너머로 사
라졌다.

의사는 이미 부질없는 짓이라는 것을 알고 있
었던 노력을 멈추고, 백작을 깨웠다. 거울에 비친
자기 모습을 본 백작은 익숙한 자신의 얼굴을 확
인하고 기쁨의 탄성을 내질렀다. 그러고는 자신
이 완전히 그 껍질에서 벗어난 것인지 확인하려
는 듯, 여전히 움직이지 않는 옥타브의 몸을 한
번 쳐다보고는, 셰르보노에게 손을 들어 인사한
뒤 밖으로 뛰쳐나갔다.

잠시 후 아치형 통로 아래로 마차 한 대가 조
용하게 빠져나가는 소리가 들렸다. 혼자 남은 셰
르보노 박사는 옥타브 드 사빌의 시신을 마주하
고 서 있었다.

"오, 가네샤 신이시여!"

백작이 떠난 뒤, 엘레판타 브라만의 제자는 이

렇게 외쳤다.

"이걸 어쩐다! 새장 문을 열었더니 새가 날아가 버렸다. 그 새는 이미 이 세상의 영역을 벗어나, 고행자 브라흐마 로굼조차 붙잡을 수 없을 만큼 멀리 가버렸어. 내 앞에는 이제 한 구의 시신만 남아있을 뿐이야. 이 시신을 아주 강한 부식액으로 흔적도 없이 녹여버릴까? 아니지, 아니지, 몇 시간 만에 파라오의 미라처럼 만들어서 상형문자로 장식된 이 화려한 상자 안에 넣어두는 건 어떨까? 하지만 그러면 조사가 시작될 것이고, 사람들이 내 집을 뒤지다가 상자를 열어보게 되겠지. 그러면 온갖 귀찮은 심문을 당하게 될 터이고……"

그때, 의사의 머릿속으로 기발한 생각이 번쩍 스쳤다. 그는 펜을 집어 들고, 종이에 재빨리 몇 줄 적은 뒤, 그것을 책상 서랍 속에 넣었다.

그 종이에는 다음과 같은 내용이 적혀있었다.

부모나 가까운 친척이 없는 관계로, 나는 나의 전 재산을 내가 특별한 애정을 가지고 있는 옥타브 드 사빌에게 물려준다. 단, 다음의 조건을 이행해야 한다.

1) 실론의 브라만 병원에 십만 프랑을 기부하여 노쇠하고 병든 동물들을 돌보도록 할 것,
2) 나의 인도인 하인과 영국인 하인에게 평생 연금으로 각각 천이백 프랑씩 매달 지급할 것,
3) 마자린 도서관*에 《마누 법전》** 원고를 기증할 것.

산 사람이 죽은 사람에게 남긴 이 유서는 실제로 일어난 믿을 수 없는 이야기 중에서 가장 기괴한 것일 수 있다. 하지만 그 이유는 곧 설명될

---

* 프랑스 파리에 위치한, 유럽 최초이자 프랑스 최초의 공공 도서관.
** 인도 고대 법률과 사회 규범을 담은 경전.

것이다.

의사는 아직 생명의 온기가 완전히 가시지 않은 옥타브 드 사빌의 시신을 만지면서, 거울 속에 비친 자신의 얼굴을 바라보았다. 햇볕에 그을려 거칠어지고 깊은 주름투성이인 그 얼굴은 마치 샤그랭 가죽* 같아 보였다. 그는 거울 속의 얼굴을 야릇하게 경멸 어린 시선으로 바라보고는, 시신 위에서 마치 재단사가 새 옷을 가져왔을 때 입던 옷을 휙 벗어 던지는 듯한 손동작을 취하며 고행자 브라흐마 로굼의 주문을 외웠다.

그 즉시 발타자르 셰르보노의 몸은 번개를 맞은 듯 카펫 바닥 위에 쓰러졌고, 옥타브 드 사빌의 몸이 갑자기 활기차고 민첩하게 일어났다.

옥타브-셰르보노는 뼈만 앙상하게 남은 그 창백한 육신 앞에 잠시 서있었다. 조금 전까지 그것에 생기를 불어넣던 강력한 영혼이 더 이상 지

---

* 사슴 가죽을 얇게 가공한 거친 질감의 가죽으로, 표면이 주름지고 오톨도톨하다.

탱해 주지 않자, 그 몸은 거의 즉시 극도로 노쇠한 징후를 드러내며 빠르게 시체와 같은 모습으로 변해갔다.

"가라, 가엾은 인간의 누더기여, 팔꿈치가 헤지고 솔기가 다 닳아버린 비참한 넝마 조각이여. 내가 이 몸을 이끌고 칠십 년 동안 세계의 다섯 대륙을 떠돌았구나! 나에게 꽤 괜찮은 봉사를 해준 너를 떠나보내는 것이 마냥 편치만은 않다. 그렇게 오랜 세월 동안 함께 살다 보면 서로에게 익숙해지는 법이니까! 하지만 나의 지식으로 머지않아 단련될 이 젊은 외피와 함께라면, 나는 다시 공부하고, 연구하고, 죽음이 삶이라는 대서사시의 가장 흥미로운 대목에서 갑자기 책을 덮으며 '이제 그만!'이라고 말하기 전까지 몇 마디 더 읽을 수 있을 것이다."

스스로에게 바치는 추모사를 끝낸 후, 옥타브-셰르보노는 자신의 새로운 삶을 향해 조용한 걸음으로 집을 나섰다.

올라프 라빈스키 백작은 저택으로 돌아오자마자, 백작 부인이 곧바로 자기를 만나줄 수 있는지 물었다.

그는 온실 안의 벤치에 앉아 있는 백작 부인을 발견했다. 온실의 유리 천창은 반쯤 열려있었고, 그 틈으로 부드럽고 따뜻한 바람과 빛이 들어왔다. 그곳은 마치 정글처럼 이국적인 식물들과 열대 식물들로 가득 찬, 진정한 원시림이었다. 백작 부인은 노발리스의 책을 읽고 있었다. 노발리스는 독일 신비주의가 낳은 가장 섬세하고, 가장 정제되고, 가장 관념적인 작가 중 한 명이었다. 백작 부인은 현실의 삶을 사실적이고 강렬한 색채로 묘사하는 책들을 좋아하지 않았다. 우아함과 사랑과 시가 깃든 세계에서 살아온 그녀에게 그런 책들은 다소 거칠게 느껴졌기 때문이다.

그녀는 책을 내려놓으며 천천히 눈을 들어 백작을 바라보았다. 그녀는 남편의 검은 눈에서, 자신을 고통스럽게 괴롭혔던 그 눈빛, 열정적이고 폭풍 같은, 알 수 없는 생각들로 가득한 그 눈빛을 다시 마주할까 봐 두려웠다. 미친 것 같고 터무니없는 생각이었지만, 그 눈빛은 마치 다른 사람의 눈빛처럼 느껴졌었다!

하지만 올라프의 눈에는 평온한 기쁨이 반짝였고, 순수하고 정결한 사랑이 불꽃 속에 타오르고 있었다. 그의 얼굴에 나타났던 그 낯선 영혼은 영원히 사라졌다. 프라스코비에는 그가 자신이 사랑하는 올라프임을 즉시 알아보았다. 그녀의 투명한 뺨에 기쁨의 홍조가 빠르게 번졌다. 그녀는 발타자르 셰르보노가 일으킨 변화를 전혀 몰랐고, 직접적으로 인지하지도 못했지만, 직감적으로 그걸 느낄 수 있었다.

"사랑하는 프라스코비에, 여기서 뭘 읽고 있었나요?"

올라프는 쿠션을 덧댄 벤치 위에 놓인 파란 가죽 장정 책을 집어 들며 말했다.

"아!《하인리히 폰 오프터딩엔》[32]! 언젠가 당신

이 식사 자리에서 이 책을 읽고 싶다고 해서, 내가 마힐료우*까지 말을 타고 달려가 온 시내를 다 뒤져 겨우 구해왔던 바로 그 책이군요. 자정이 되어서야 당신 침대맡 탁자 위 램프 옆에 이 책을 놓아둘 수 있었죠. 하지만 그 후로 며칠 동안 랄프가 지쳐서 꼼짝도 못 하고 늘어져 있었지요!"

"그래서 나는 당신 앞에서는 다시는 뭔가를 원한다는 말은 하지 않을 거라고 말했었죠. 당신은 그 스페인 대귀족과 같아요. 자기가 사랑하는 사람에게, 원하는 건 뭐든 다 해줄 수 있지만 별만큼은 따다 줄 수 없으니 별을 바라보지 말아 달라고 했던 그 사람 말이에요."

"당신이 원하는 별이 있다면,"

백작이 대답했다.

"나는 하늘로 올라가 신에게 그 별을 달라고 할 겁니다."

---

*   당시 올라프 백작 부부가 살고 있던 리투아니아에서 약 30킬로미터 떨어진 벨라루스의 한 도시.

남편의 말을 들으면서 백작 부인은 금빛 햇살 속에서 불꽃처럼 반짝이는 올림머리에서 빠져나온 머리 한 가닥을 뒤로 쓸어올렸다. 그 동작으로 소매가 흘러내리면서 아름다운 팔이 드러났다. 청록색 터키석으로 장식된 도마뱀 모양의 팔찌가 그녀의 손목에 감겨있었다. 지난번 카시네에서 옥타브에게 절망감을 안겨준 그 날 그녀가 차고 있었던 바로 그 팔찌였다.

　　"예전에,"

　　백작이 말했다.

　　"나의 간곡한 부탁으로 당신이 처음 정원으로 내려왔을 때, 정원에 어슬렁거리던 도마뱀을 발견하고 당신이 얼마나 무서워했던지! 내가 그 녀석을 나무 지팡이로 한 방에 때려죽였지. 그리고 나중에 금으로 본을 떠서 보석들로 장식했지요. 하지만 장신구로 만든 도마뱀인데도 당신은 무서워했지요. 결국 시간이 한참 흐른 뒤에야 그걸 착용할 생각을 하게 되었지요."

"아! 이제는 아무렇지도 않아요. 게다가 이젠 내가 가진 보석 중에서 가장 아끼는 보석이 되었어요. 나에게 아주 소중한 기억을 떠올리게 해주니까요."

"맞아요."

백작이 말했다.

"내가 다음날 당신에게 공식적으로 청혼해도 된다는 허락을 당신 이모님께 받았던 게 바로 그 날이니까요."

진짜 올라프의 눈빛과 말투를 느낀 프라스코비에는 그가 그처럼 내밀한 것들을 알고 있는 것에 안심한 듯 그를 향해 활짝 웃어 보이며 자리에서 일어났다. 그러고는 그의 팔을 잡고 온실 안을 몇 바퀴 돌면서 다른 손으로 꽃잎을 뜯어, 마치 장미꽃을 먹는 스키아보네*의 비너스처럼 그 청순한 입술에 물었다.

———

* 안드레아 스키아보네(1510~1563): 이탈리아 르네상스 화가. 비너스를 포함한 신화적 주제의 작품들을 제작했다.

"오늘은 이렇게 기억력이 좋으시니,"

그녀는 진주처럼 반짝이는 이로 베어 물고 있던 꽃을 던지면서 말했다.

"이제는 어제 기억하지 못하셨던 모국의 언어를 되찾으셨겠네요……."

"아!"

백작이 폴란드어로 대답했다.

"하늘나라에서 내 영혼이 당신에게 사랑한다고 말할 때도 이 언어로 말할 겁니다. 천국의 영혼들이 인간의 언어를 기억한다면요."

프라스코비에는 계속 걸으면서 올라프의 어깨 위에 머리를 살며시 기댔다.

"내 사랑,"

그녀가 속삭였다.

"지금 당신은 너가 사랑하는 당신 모습 그대로군요. 어제는 당신이 두렵고 낯선 사람처럼 느껴져 당신을 피했지요."

다음 날, 늙은 의사의 영혼으로 되살아난 옥타

브 드 사빌은 검은색으로 테두리를 두른 편지를 받았다. 발타자르 셰르보노 박사의 장례식과 운구 행렬, 그리고 입관식에 참석해 달라는 내용의 부고장이었다.

새로운 모습으로 변신한 셰르보노 박사는 자신의 허물이 들어 있는 관을 따라 묘지까지 가서 자신이 땅에 묻히는 광경을 지켜보았다. 그리고 자신의 무덤가에서, 과학계의 커다란 별이 떨어진 것을 비통해하는 내용의 추도사를 아주 그럴 듯하게 진지한 표정을 지으며 들었다. 그런 다음 그는 생 라자르 가로 돌아와, 자신을 위해 써놓았던 유언장이 세상에 공개되기를 기다렸다.

* * *

바로 그날, 석간신문의 부고란에 다음과 같은 기사가 실렸다.

인도에서의 오랜 체류와 고전 언어학에 관한 해박한 지식, 그리고 기적의 치료술로 잘 알려진 발타자르 셰르보노 박사가 어제 자신의 연구실에서 숨진 채 발견되었다. 시신을 면밀히 조사해 본 결과, 타살의 흔적은 전혀 발견되지 않았다. 셰르보노 씨는 정신적 과로로 인해 사망했거나, 어떤 대담한 실험 중에 목숨을 잃은 것으로 보인다. 의사의 책상에서 발견된 자필 유언장에 따르면, 매우 귀중한 필사본들은 마자린 도서관에 기증하고, 명망 높은 가문의 자제인 'O. 드 S.'라는 젊은이를 자신의 상속인으로 지정했다.

커피 주전자

어두운 베일 아래 나는 보았네,

내가 잠들어 있는 내내

말없이

나에게 인사하는

열한 개의 별을,

달을, 그리고 태양을.

– 〈조제프의 환영*〉

*   빅토르 위고의 《명상시집》(1856)에 수록된 시.

I

지난해 나는 아틀리에 친구들인 아리고 코익과 페드리노 보르니올리와 함께 노르망디의 아주 외진 산골에 있는 한 저택에서 며칠 지내다 가라는 초대를 받았다.

출발할 때만 해도 날씨가 정말 화창했는데, 하늘이 느닷없이 변덕을 부리면서 억수 같은 비를 쏟아부었다. 우리가 걷고 있던 움푹 팬 길들은 어느새 세찬 물살에 휩쓸리는 도랑이 돼버렸다.

주위가 온통 진흙탕으로 변해 무릎까지 푹푹 빠져들었고, 부츠에 묵직하게 들러붙은 진흙더미 때문에 걸음을 옮기기가 여간 힘든 게 아니었다. 그 덕분에 우리는 해가 지고도 한 시간이나 더 지나서야 겨우 목적지에 다다를 수 있었다.

우리는 지칠 대로 지쳐있었다. 우리가 쏟아지는 하품을 참아가며 눈을 뜨고 있으려고 애쓰는 것을 본 집주인은 저녁 식사를 마치자마자 곧바로 우리가 머물 방으로 각각 안내해 주었다. 내가 잘 방은 아주 넓었다. 그런데 그 방 안으로 들어서는 순간, 온몸에 서늘한 기운이 느껴졌다. 마치 어떤 미지의 세계에 발을 들여놓는 것 같은 기분이었다.

사실, 문의 상층부를 장식하고 있는 부셰*의 〈사계〉 연작이나, 로카유 장식**으로 뒤덮인 가구들, 그리고 벽난로 위쪽에 투박하게 조각된 거울 장식을 보면, 마치 섭정 시대***로 되돌아와 있는 것 같은 기분이 들 만도 했다.

모든 것이 깔끔하게 정돈되어 있었다. 빗통과 분첩이 놓여있는 화장대는 전날 누군가가 사용한 것처럼 보였다. 다채로운 색상의 드레스 두세

---

*   프랑수아 부셰(1703~1770): 18세기 로코코 시대 화가, 판화가, 장식미술가.
**   17~18세기 프랑스에서 유행한 장식 양식으로, 조약돌, 조개껍데기 등으로 자연에서 영감을 받은 유연하고 화려한 곡선 장식이 특징이며, 주로 가구, 벽, 천장, 거울 장식에 사용되었다.
*** 프랑스 섭정 시대(1715~1723): 루이 15세의 미성년 시절 오를레앙 공이 섭정했던 기간.

벌과 은빛 반짝이가 흩뿌려진 부채 하나가 반들거리는 마룻바닥 위에 펼쳐져 있었다. 그리고 벽난로 위에는 자개 장식 담배 상자가 열려있었는데, 놀랍게도 금방 말아놓은 것처럼 향이 그대로 살아있는 궐련이 가득 들어있었다.

하인이 침대맡 탁자 위에 촛대를 내려놓으면서 편히 쉬라고 인사하고 나간 뒤에야, 나는 그런 것들을 알아차렸다. 그리고 고백하자면, 그때부터 몸이 사시나무처럼 떨리기 시작했다. 나는 재빨리 옷을 벗고 침대로 들어가, 그 터무니없는 두려움을 떨쳐내려고 벽 쪽으로 돌아누워 곧바로 눈을 감았다.

하지만 그런 자세로 계속 있을 수가 없었다. 내 몸 아래에서 침대가 파도처럼 출렁거렸고, 눈꺼풀을 누군가가 잡아당기기라도 하듯 저절로 눈이 떠졌다. 나는 뒤를 돌아보지 않을 수가 없었다. 타오르는 벽난로의 불이 방 안에 불그스름한 빛을 던지고 있어서, 태피스트리 속의 인물들과 벽에 걸린 흐릿한 초상화 속의 인물들을 어렵지 않게 알아볼 수 있었다.

그들은 모두 집주인의 조상들이었다. 철갑옷을 입은 기사들, 가발을 쓴 고위 관리들, 그리고 새하얗게 화장한 얼굴에 머리에도 하얀 분가루를 뿌리고,* 손에 장미꽃을 든 아름다운 부인들.

갑자기 불꽃이 이상하게 활활 타오르더니, 창백한 빛이 방 안 가득 퍼졌다. 그리고 그저 그런 그림이겠거니 생각했던 초상화 속의 인물들이 생생하게 살아 움직이는 것을 내 눈으로 똑똑히 보았다. 액자 속 사람들의 눈동자가 이상하게 반짝이며 이리저리 움직였다. 게다가 그들의 입술이 마치 말을 하는 것처럼 벌어졌다 다물어졌다 했다. 하지만 내 귀에는 똑딱거리는 괘종시계 소리와 가을바람이 휘파람을 불며 지나가는 소리

---

* 18세기 프랑스 로코코 시대에는 여자들이 얼굴과 목, 가슴, 손까지 아주 두툼고 과장되게 흰 분칠을 하고 머리카락에도 흰 파우더를 뿌려 흰색으로 만들거나 밝아 보이게 하는 것이 유행이었다.

밖에는 아무 소리도 들리지 않았다.

감당할 수 없는 공포가 나를 사로잡았다. 머리카락이 쭈뼛거렸고, 어찌나 이가 요란하게 덜그럭대는지 깨질 지경이었고, 온몸은 식은땀으로 흠뻑 젖었다.

괘종시계가 열한 시를 알렸다. 마지막 종소리의 잔향마저 완전히 사라졌을 때…… 아! 맙소사, 어떤 일이 벌어졌는지 내 입으로 차마 말할 수가 없다. 아무도 내 말을 믿지 않을 것은 고사하고, 나를 완전히 미친놈 취급할 테니까.

촛불들이 저절로 켜졌다. 사람의 모습은 전혀 보이지 않는데 풀무가 저 혼자 움직이며 마치 천식에 걸린 노인처럼 헉헉거리면서 화구 안으로 바람을 불어넣고 있었고, 그러는 동안 불쏘시개는 숯 더미 속을 뒤적이며 불의 세기를 조절했고, 삽은 재를 퍼내고 있었다.

그다음에는 테이블 위에 놓여있던 커피 주전

자가 바닥으로 풀쩍 뛰어내리더니, 뒤뚱거리며
벽난로로 가서 숯 더미 사이에 자리를 잡았다.

잠시 뒤, 안락의자들이 들썩거리기 시작했다.
그것들은 비틀려 있던 다리들을 신기하게 이리
저리 움직이면서 벽난로 주변에 모여들었다.

II

내 눈앞에서 벌어지는 일들을 어떻게 받아들여야 할지 알 수가 없었다. 그런데 그 뒤로 벌어진 일들은 훨씬 더 늘라웠다.

벽에 걸린 초상화 중에서 가장 오래된 초상화, 평소에 내가 상상했던 늙은 존 팔스타프 경*의 이미지와 놀라울 만큼 닮은, 회색 수염에 볼이 불룩하게 튀어나온 뚱뚱한 인물이 얼굴을 찌푸리며 그림 밖으로 머리를 쑥 내밀었다. 그러고는 한참을 낑낑거리면서 비좁은 액자 안에서 어깨와 거대한 배를 끄집어낸 뒤, 쿵 하는 소리를 내며 바닥으로 뛰어내렸다.

그는 숨 돌릴 겨를도 없이 조끼 주머니에서 아주 작은 열쇠를 꺼냈다. 그러고는 입김을 훅 불

---

* 셰익스피어의 〈헨리 4세〉, 〈헨리 5세〉 등 네 편의 희곡에 등장하는 중요한 인물. 몸집이 거대하고 뚱뚱하며, 방탕하고 게으른 동시에 유머러스하고 인생을 즐기는 매력적인 인물이다.

어 열쇠 홈에 낀 먼지를 날려 보내고 나서, 모든 액자에 차례차례 갖다 댔다. 그러자 액자 틀이 벌어지면서 안에 갇혀있던 인물들이 쉽게 빠져나올 수 있게 되었다.

통통하게 살이 찐 키 작은 사제들, 바짝 마르고 얼굴이 누렇게 뜬 나이 든 귀부인들, 검은 법복에 파묻힌 채 근엄한 표정을 짓고 있는 법관들, 자주색 반바지에 실크 스타킹을 신고 칼끝을 높이 쳐들고 한껏 허세를 부리는 멋쟁이 신사들, 그 모든 인물이 보여주는 너무도 기이한 광경에, 나는 두려워 떨면서도 웃음이 나오는 것을 참을 수가 없었다.

그 존경할 만한 인물들이 자리에 앉았다. 커피 주전자가 테이블 위로 가볍게 뛰어올랐다. 책상 위에 있던 하얗고 파란 일본 도자기 커피잔들이 각각 설탕 한 조각과 은제 티스푼을 갖춘 채 제 발로 달려왔다. 초상화에서 나온 인물들은 그 잔으로 커피를 마셨다.

커피를 다 마시고 나자, 잔들과 커피 주전자, 티스푼들이 동시에 사라져 버리고, 대화가 시작되었다. 그런데 여태껏 나는 그런 대화 장면은 한 번도 본 적이 없었다. 이상하게도 그들은 대화를 나누는 동안 하나같이 상대방을 바라보지 않고 벽에 걸린 괘종시계만 뚫어져라 쳐다보고 있었기 때문이다.

그래서 나도 눈길을 돌려, 거의 감지할 수 없을 만큼 천천히 자정을 향해 나아가고 있는 시곗바늘을 지켜보지 않을 수 없었다.

마침내 자정을 알리는 종이 울렸다. 괘종시계의 종소리와 똑같은 음색의 목소리가 외쳤다.

"자, 시간이 되었습니다. 춤을 추세요."

앉아있던 사람들이 모두 자리에서 일어났다. 안락의자들은 스스로 알아서 뒤로 물러났다. 그러자 신사들이 각각 숙녀들의 손을 잡았다. 그리고 조금 전의 그 목소리가 다시 들려왔다.

"자, 악단 여러분, 연주를 시작하세요!"

벽에 걸린 태피스트리의 주제가 무엇인지 말하는 것을 깜빡 잊고 있었는데, 한쪽은 이탈리아 악단이 협주곡을 연주하는 장면이었고, 다른 쪽은 여러 명의 하인들이 사냥 나팔을 불고 있는 사슴 사냥 장면이었다. 그때까지 아무런 움직임도 보이지 않던 사냥 몰이꾼들과 악사들이 알았다는 듯이 일제히 고개를 끄덕였다.

지휘자가 지휘봉을 들어 올리자, 경쾌하고 춤추기 좋은 화음이 방 안 가득 울려 퍼졌다. 사람들은 먼저 미뉴에트*를 추기 시작했다. 그런데 악사들이 연주하는 악보의 빠른 박자는 점잖고 정중하게 인사하는 춤동작과 잘 맞지 않았다. 그래서 몇 분이 지나자 춤추는 커플들은 저마다 독일 팽이처럼 제자리를 빙글빙글 돌기 시작했다. 그렇게 회전하는 춤의 회오리바람 속에서 여자

---

* 프랑스에서 17세기 후반에 유행한 느리고 우아한 3/4박자 춤. 예절과 품위를 중시하는 이 춤은 보통 커플이 마주 보고 춤추며, 인사로 시작하거나 끝낸다.

들의 실크 드레스가 스치면서 아주 독특한 소리를 냈는데, 마치 비둘기 떼가 날개를 퍼덕이는 소리 같았다. 뱅글뱅글 도는 동작 때문에 바닥쪽에서 일어난 바람이 치마를 커다랗게 부풀려서, 여자들은 마치 흔들리는 종 같아 보였다.

바이올린의 활을 움직이는 명연주자들의 손이 어찌나 빠른지, 줄에서 불꽃이 튀었다. 플루트 연주자들의 손가락도 빠르고 유연하게 위아래로 움직였고, 뿔 나팔을 부는 사냥 몰이꾼들의 볼은 풍선처럼 빵빵하게 부풀어 올랐다. 박자는 너무 빠르고, 음은 올라갔다 내려갔다 하면서 너무도 변화무쌍한 음계의 홍수를 이루어서, 설령 악마가 춤을 춘다고 해도 단 2분도 따라가지 못할 것 같았다.

춤추는 사람들이 박자를 따라잡으려 안간힘을 쓰는 모습은 보기에도 안쓰러울 지경이었다. 그들은 펄쩍펄쩍 뛰어오르고, 깡충깡충 뛰고, 빙

그르르 돌고, 한쪽 다리로 점프를 하고, 공중에서 앙트르샤*를 했다. 그들의 이마에서 땀이 눈으로 흘러내려 애교점**과 화장이 거의 다 지워졌다. 하지만 그들의 힘겨운 노력에도 불구하고, 악단의 연주는 항상 그들보다 서너 박자 빨랐다.

괘종시계가 새벽 한 시를 알렸다. 사람들이 춤을 멈추었다. 그 순간, 그때까지 내가 보지 못했던 뭔가가 내 눈에 들어왔다. 춤을 추지 않고 있던 한 여인. 그녀는 벽난로 구석에 놓인 커다란 안락의자에 앉아있었는데, 자기 주변에서 벌어지는 일에 전혀 신경을 쓰지 않는 것 같았다.

나는 지금껏 단 한 번도, 꿈속에서조차도, 그렇게 완벽한 여자를 본 적이 없었다. 눈부시게 하얀 피부, 은빛이 감도는 금발, 길게 뻗은 속눈썹, 너무도 맑고 투명해서 개울 바닥의 조약돌만큼

---

* 발레 용어로, 공중에 떠서 발을 서로 교차시키는 동작.
** 17~18세기 프랑스에서는 얼굴을 더 돋보이게 하려는 목적에서 입술이나 눈 주변, 광대 같은 곳에 작은 장식점을 붙이는 것이 유행이었다.

이나 또렷하게 그녀의 영혼이 드러나 보이는 파란 눈동자.

혹시라도 내가 누군가를 사랑하게 된다면, 그 누군가는 바로 그녀일 거라는 생각이 들었다. 나는 그때까지 꼼짝도 할 수 없었던 침대에서 몸을 벌떡 일으키고, 구언가 알 수 없는 힘에 이끌려 그녀에게로 다가갔다. 그러고는 그녀의 무릎 앞에 멈춰 서서, 두 손으로 그녀의 한 손을 잡고 마치 이십 년 전부터 그녀와 알고 지낸 것처럼 이야기를 나누었다.

그런데 정말 신기하게도, 그녀와 이야기를 나누는 동안에도 나는 계속 머리를 흔들며 음악을 따라가고 있었다. 그렇게 아름다운 사람과 대화를 나누는 것이 이루 말할 수 없이 기쁘고 행복했지만, 그런데도 내 발은 그녀와 춤을 추고 싶어서 안달이 나있었다.

하지만 그녀에게 춤을 추자고 말할 용기가 나지 않았다. 그녀는 내가 뭘 원하는지 알아차린 것 같았다. 그녀는 내가 잡고 있지 않은 손을 들어 시계의 숫자를 가리키며 말했다.

"나의 소중한 테오도르, 시곗바늘이 저기를 가리키면요."

어떻게 그런 일이 일어났는지 나도 모르겠지만, 그녀가 마치 오랜 친구처럼 내 이름을 그렇게 부르는데도 나는 전혀 놀라지 않았다. 우리는 계속 이야기를 나누었다. 마침내 그녀가 가리켰던 시간이 되었다. 조금 전에 들었던, 은쟁반에 옥구슬 굴러가는 듯한 목소리가 다시 한번 방 안에 울리며 말했다.

"앙젤라, 당신이 원한다면 신사분과 춤을 춰도 됩니다. 하지만 어떤 결과가 있을지는 잘 알고 있겠죠?"

"상관없어요."

앙젤라가 뾰로통한 표정으로 대답했다.

그러고는 상아처럼 매끈하고 하얀 팔을 내 목에 둘렀다.

"프레스티시모*!"

목소리가 외쳤다.

우리는 왈츠를 추기 시작했다. 그녀의 가슴이 내 가슴에 닿았고, 그녀의 보드라운 뺨이 내 뺨을 스치고, 그녀의 향기로운 숨결이 내 입술 위에 감돌았다.

지금까지 살면서 그런 감동은 한 번도 겪어 본 적이 없었다. 온몸의 신경이 강철 스프링처럼 바르르 떨렸고, 피가 혈관을 타고 용암처럼 흘러내렸다. 그리고 내 심장 뛰는 소리가 마치 귀에 시계를 매달아놓은 것처럼 크게 들렸다.

그렇지만 그런 상태가 조금도 힘들지 않았다. 나는 이루 말할 수 없는 기쁨에 들떠 있었고, 영원히 그 순간에 머물러 있고 싶었다. 그리고 신기하게도, 악단이 전보다 세 배나 더 빠르게 연주하는데도 우리는 그 박자를 따라가는 것이 전

---

*   음악 용어로, 최대한 빠르게 연주하라는 뜻.

혀 힘들지 않았다.

참석자들은 우리의 민첩한 몸놀림에 감탄하며 브라보를 외치고 있는 힘을 다해 손뼉을 쳤지만, 소리가 전혀 나지 않았다.

그때까지 놀라울 정도로 활기차고 정확하게 왈츠를 추던 앙젤라가 갑자기 피로한 기색을 보였다. 그녀는 다리에 힘이 풀려버린 듯 내 어깨에 체중을 실었다. 1분 전만 해도 바닥을 스치며 가볍게 날아다녔던 그녀의 작은 발이 마치 납덩어리를 매단 것처럼 힘겹게 움직였다.

"앙젤라, 지친 것 같군요."

나는 그녀에게 말했다.

"이제 좀 쉴까요?"

"네, 그러고 싶어요."

그녀는 손수건으로 이마의 땀을 닦으면서 대답했다.

그런데 우리가 왈츠를 추고 있는 동안 사람들이 모두 앉아버려서, 남아있는 의자가 하나밖에 없었다. 하지만 우리는 둘이었다.

"이런, 이걸 어쩌지? 나의 아름다운 천사, 내 무릎 위에 앉으실래요?"

III

앙젤라는 조금도 거리낌 없이 내 무릎 위에 앉아, 마치 하얀 스카프를 두르는 것처럼 두 팔로 내 목을 감싸 안았다. 그러고는 대리석처럼 차가워진 몸을 조금이라도 녹이기 위해 머리를 내 가슴에 파묻었다.

우리가 그 자세로 얼마나 오래 있었는지 모르겠다. 그 신비롭고 환상적인 존재를 넋 놓고 바라보느라 시간 가는 줄 몰랐기 때문이다.

그사이 시간이나 공간에 대한 개념은 나에게서 완전히 사라지고 없었다. 현실 세계는 나에게 더 이상 존재하지 않았고, 나를 세상과 이어주고 있던 모든 끈이 끊어졌다. 내 영혼은 진흙 감옥에서 벗어나 무한한 파도 위를 떠다니며 헤엄치고 있었다. 나는 어떤 인간도 이해할 수 없는 것을 이해할 수 있었다. 앙젤라가 말을 하지 않아도 나는 그녀가 무슨 생각을 하는지 알 수 있었다. 그녀의 영혼은 알라바스터 등불처럼 그녀의 몸속에서 부드럽고 은은하게 빛나고 있었고, 그녀의 가슴에서 나오는 빛이 내 가슴을 뚫고 들어왔기 때문이다.

종달새 지저귀는 소리가 들려왔고, 희미한 새벽빛이 커튼 위로 어른거렸다. 새벽빛을 보는 순간, 앙젤라는 황급히 일어나 나에게 작별의 손짓을 했다. 그리고 몇 걸음 걸어가다 비명을 지르며 그대로 풀썩 쓰러졌다.

나는 깜짝 놀라 그녀를 일으켜 세우려고 달려갔는데……. 그 순간을 생각하면 지금도 온몸의 피가 얼어붙는 것 같다. 내 눈앞에는 산산조각이 난 커피 주전자밖에는 아무것도 없었다.

그걸 보자, 내가 어떤 사악한 환영의 장난에 놀아났다는 생각이 들었다. 나는 엄청난 공포에 사로잡혀 정신을 잃고 말았다.

IV

의식이 돌아왔을 때, 나는 침대에 누워있었고, 아리고 코익과 페드리노 보르니올리가 내 머리맡에 서 있었다. 내가 눈을 뜨자마자 아리고가 소리치며 말했다.

"아! 다행이다! 벌써 한 시간이나 자네 관자놀이에 콜로뉴 향수를 문지르고 있었어. 도대체 간밤에 무슨 일이 일어났던 거야? 아침이 됐는데도 내려오지 않길래 방에 와 보니, 자네가 바닥에 쓰러져 있더라고. 결혼식 예복을 차려입은 채 깨진 도자기 조각을 마치 젊고 예쁜 아가씨인 양 끌어안고 말이야."

"맙소사! 이건 우리 할아버지가 결혼식 때 입으셨던 거야."

집주인이 장밋빛 바탕에 초록색 문양이 들어간 실크 재킷의 한쪽 자락을 들어 올리며 이렇게 말했다.

"여기, 이 화려한 인조 보석들과 정교한 금속 장식들 좀 봐, 할아버지가 우리한테 늘 자랑하셨던 것들이야. 테오도르가 어딘가에서 이 옷을 찾아내 장난삼아 입어본 모양이군."

 "그런데 왜 바닥에 쓰러져 있었던 거야?"

 보르니올리가 덧붙였다.

 "기절은 새하얀 어깨를 드러낸 젊은 아가씨한테나 어울리는 거잖아. 기절하면 몸을 조이고 있는 코르셋 끈을 풀어주고, 목걸이와 스카프도 벗겨주니까, 남자를 유혹하기에는 그만큼 좋은 기회가 없지."

 "잠시 정신을 잃은 것뿐이야. 난 가끔 그럴 때가 있어."

 나는 심드렁하게 대꾸했다.

 나는 침대에서 일어나 그 우스꽝스러운 옷을 벗었다. 그러고 나서 우리는 점심을 먹었다.

 세 친구는 엄청나게 먹어댔고, 그것보다 훨씬 더 많이 마셨다. 그렇지만 나는 거의 먹지 않았다. 지난밤에 있었던 일 때문에 마음이 뒤숭숭했기 때문이다.

점심 식사를 끝마쳤을 때, 다시 비가 억수같이 퍼부어대서 집안에 갇혀 있을 수밖에 없었다. 각자 알아서 시간을 보냈다. 보르니올리는 군대 행진곡 박자에 맞춰 유리창을 두드리고 있었고, 아리고와 집주인은 체스 게임을 했다. 나는 화첩에서 종이를 한 장 꺼내 그림을 그리기 시작했다.

정말 아무 생각 없이 연필로 희미하게 윤곽을 그렸는데, 그 모습이 놀랍게도 지난밤 중요한 역할을 맡았던 그 커피 주전자와 정확하게 닮아 있었다.

"정말 신기하군, 이 그림은 내 누이 앙젤라를 쏙 빼닮았는데?"

게임을 끝내고 내 어깨너머로 그림을 들여다보고 있던 집주인이 말했다.

그의 말을 듣고 보니, 조금 전까지 내 눈에 커

피 주전자로 보였던 것은 사실 우아하면서도 슬퍼 보이는 앙젤라의 옆모습이었다.

"하느님 맙소사! 자네 누이는 살았나 죽었나?"

나는 마치 그의 대답에 내 목숨이 달려있기라도 한 것처럼 떨리는 목소리로 외쳤다.

"죽었어, 2년 전에. 무도회에 다녀온 뒤 폐렴으로 세상을 떠났지."

"이럴 수가!"

나는 고통스러운 탄식을 내질렀다. 그리고 금방이라도 쏟아질 것 같은 눈물을 가까스로 참으며, 그 종이를 화철에 도로 집어넣었다.

나는 이제 이 지상에서는 더 이상 행복을 누릴 수 없다는 것을 방금 막 깨달았다!

옮긴이의 글

환상의 세계 속에 깃든 현실의 욕망

보들레르는 자신의 유일한 시집 《악의 꽃》을 테오필 고티에에게 바쳤다.

흠잡을 데 없는 시인이자
프랑스 문학의 완벽한 마술사
너무도 사랑스럽고 너무도 존경하는
나의 스승이자 친구
테오필 고티에에게
더없이 깊은 겸손의 마음을 담아
이 병든 꽃다발을
바칩니다.

C. B.

보들레르는 19세기 낭만주의와 상징주의에 지대한 영향을 끼친 시인이자 비평가로, 그리고 현대 시의 출발점이 된 그 아름다운 시들로 지금까지 잊히지 않고 있지만, 그 당시 보들레르가 그토록 존경해마지 않았던 고티에는 기껏해야 '예술을 위한 예술'을 표방한 고답파 시인이라는 수식어 정도로만 기억되고 있을 것이다. 하지만 보들레르의 이 헌사는 우리에게 고티에 문학의 가치를 요약해 들려주고 있다.

　테오필 고티에(1811~1872)는 시인일 뿐만 아니라 장편 소설과 중, 단편 소설, 특히 많은 환상 단편과 중편을 쓴 소설가이며, 동시에 수많은 공연 비평과 미술 비평을 쓴 비평가이기도 하다. 그뿐만 아니라, 아돌프 아당의 음악에 테오필 고티에가 대본을 쓰고 쥘 페로와 장 코랄리가 안무한 발레 〈지젤〉은 1841년 초연 이후 180년이 훌쩍 넘은 지금까지도 전 세계 발레 공연에서 가장 사랑받는 대표작 중 하나로 꾸준히 공연되고 있다. 이처럼 장르를 넘나들며 뛰어난 작품들을 남긴 고티에가 가장 지속적인 열정을 기울였던 장르, 그리고 보들레르의 표현대로 '그가 가장 높이 올라간 곳, 그가 가장 확실하고도 진지한 재능을 보여준 것'은 바로 단편 소설, 그중에서도 특히 환상 단편이다. 당시 환상 단편을 사랑했던 노디에, 메리메, 빌리에 드 릴 아당, 발자크, 모파상 등 많은 작가들과 고티에를 구분 짓는 변별점은, 그가 스스로 '환상 단편'이라는 부제를 붙였던 〈커피 주전자〉(1831년)를 시작으로 35년 동안, 다시 말해 거의 평생 동안 환상 단편을 꾸준히 써냈다는 점, 그리고 그의 환상 단편은 다시 보들레르의 말을 빌리자면 '시적 단편'이라는 점이다. 이 '시적 단편'이라는 표현은 물론 고티에의 심오한 수학적 짜임새와 경이로운 시적 문체를 일컫는 말이기도 하지만, 그가 다루는 '환상' 자체가 '시적'이라는 뜻을 품고 있기도 하다. 사람들을 계몽하고 교훈을 주려는 경향으로 치우치

고 있던 낭만주의 문학과, 낭만주의의 주관적이
고 이상주의적인 경향에 반발해 현실 세계를 객
관적이고 과학적인 방식으로 충실하게 묘사하
고자 하는 사실주의와 자연주의 사이에서, 아름
다움과 상상력을 추구하는 이 고답파의 시적 단
편은 어떤 의미를 지니고 있었을까? 그리고 '쓸
모없는 것만이 아름답다'는 유미주의와 현실 너
머의 비현실적이고 초자연적인 세계를 그리는
환상주의를 오늘날의 우리는 어떻게 받아들이
고 있을까?

　21세기 독자의 시선으로 보면 이 작품들은 일
종의 데자뷔처럼 느껴지거나 식상한 주제로 생
각될 수 있다. 타임 슬립, 환생, 빙의, 영혼 교환,
초현실 같은 테마들이 소설, 영화, 드라마, 애니
메이션, 웹툰 등 오늘날의 모든 창작물에서 홍수
처럼 쏟아지고 있기 때문이다. 그러므로 이 책을
읽기 위해 우리는 먼저 관점을 옮겨가야 할 것
이다. 현재를 사는 독자의 관점이 아니라, 작품

이 탄생한 시대와 환경 속으로 떠나보는 것이다. 19세기에 창작된 소설이라는 점을 고려하면, 이 책은 오늘날의 모든 판타지 창작물에 환상적이고 이국적인 씨앗을 뿌린 놀라운 선구적 작품이다. (180년 전 프랑스 독자들에게 이 책이 얼마나 큰 놀라움과 신기함을 불러일으켰을지 상상해 보라!)

역으로, 현대의 모든 장르에서 왜 환상이나 상상력과 결부된 오컬트가 범람하는지 그 이유를 알아보는 것은 고티에를 이해하는 단서가 되는 동시에 우리 시대의 현상을 되짚어보는 것이기도 하고, 또 고티에와 우리, 고티에의 시대와 우리 시대를 이어 인간의 본질에 가닿으려는 시도이기도 할 것이다.

꿈과 환상은 시간과 공간의 제약에서 벗어나는 공간이며, 가능한 것과 불가능한 것의 경계가 사라지는 세계다. 환상의 세계를 창조하게 만드는 원동력은 불가능한 것을 가능한 것으로 만들고자 하는 인간의 열망이다. 가령, 〈아바타〉에서는 이루어질 수 없는 사랑을 이루고 싶어 하는 젊은 옥타브의 열망, 〈커피 주전자〉에서는 다른 세상에 대한 욕망. 인간에게 주어진 물리적 시간과 공간의 한계를 초월하고자 하는 욕망이 그 원동력이다. 현재에 대한 열패감과 좌절감, 환멸감이 크면 클수록 그 욕망은 더욱 커지고, 그에 따라 환상의 세계를 다룬 작품들은 더 번성하며 호황을 누린다. 내가 직접 환상의 세계로 들어갈 수 없을 때, 내가 직접 불가능성을 가능성으로 바꿀 수 없을 때. 스크린이나 책 페이지 속의 다른 누군가가 다른 세계에서 겪는 그 놀라운 경험들은 나에게 큰 의안과 감동을 주기 때문이다.

〈아바타〉의 주인공은 불가능한 사랑, 꿈속에서도 이루어지기 힘든 사랑 때문에 시들어가다가 '영혼 교환'을 통해 그 사랑에 다가설 기회를 얻는다. 하지만 고티에는 주인공 옥타브가 자신의 열망을 이루는 결말을 보여주지 않는다. 고티에의 환상 단편이 시적이면서 동시에 지극히 사실적인 이유 가운데 하나가 바로 이것이다. 〈아바타〉의 세계에서 '불가능한 것'은 마법 같은 것에 의해 간단히 '가능한 것'으로 바뀌지 않는다. 대신, 모두에게 아쉬움이 남지 않는 결말, 어떻게 보면 해피엔딩이라 할 수 있는 결말로 독자에게 만족감과 안정감을 안겨준다. 옥타브는 자신의 열망은 결코 이루어질 수 없는 것이었음을 자인하며 지고지순하게(마치 그 사랑이 그의 존재 이유였던 것처럼!) 이 세상을 떠나고, 사랑하는 두 연인 올라프와 프란스코비에는 그 사건으로 인해 서로의 사랑을 확인하고 전보다 더 깊은 사랑을 나누게 되며, 실험적이고 학구적인 늙은 의사 발타자르 셰르보노는 젊은 육신을 얻어 더 깊은 연구에 매진할 수 있게 된다는 결말은, 현실이 너무 팍팍하고 고달파서 답답한 전개와 비극적인 결말을 외면하는 우리에게는 참으로 다행하게도, 불가능성을 가능성으로 바꿀 수는 없다고 할지라도 지혜로운 최선의 해결책은 있다는 희망을 남겨준다.

　여기에, 고티에의 문체를 이야기하지 않을 수 없다. 영혼을 교환한 두 인물과 신비로운 의사가 벌이는 거짓말 같은 이야기 〈아바타〉와 꿈인지 현실인지 더 이상 구분할 수 없는 세계를 보여주는 〈커피 주전자〉 속으로 우리를 자연스럽게 빠져들게 만드는 것은 고티에의 문체다. 아름답지만 과하다 싶을 정도로 세밀한 묘사, 풍부한 비유, 생동감 있는 표현은 비현실적인 것을 현실적인 것으로 느끼게 만든다. 묘사가 세밀하면 할수록 실제로 존재하는 것 같은 느낌을 받는다. 그의 세밀한 묘사는 사실적인 묘사가 아니라 '사실적인 느낌을 주는 묘사', 다시 말해 환상을 현실로 느끼게 만들기 위해 치밀하게 계산된 묘사다. 원래 화가 지망생이었던 고티에는 사물을 보는 탁월한 시각을 지니고 있어서, 정교하고 세련된 묘사를 통해 시각적 효과를 선명하게 드러낼 줄 알았다. 〈커피 주전자〉를 예로 들면, 아주 평범하게 시작된 이야기 속에서 어느새 사물들이 움직이고, 초상화 속의 인물들이 밖으로 튀어나와 말을 하고 춤을 추는 세계가 펼쳐진다. 초현실 세계가 마치 우리 눈앞에서 벌어지고 있는 것 같은 느낌이 들게 만드는 그의 시각적 묘사들이 현실과 비현실의 경계를 허물며 '현실적인 환상 세계'를 창조하는 것이다.

고티에의 말에 따르면, '어떤 관점에서 볼 때, 꿈의 세계는 현실 세계와 마찬가지로 존재'하며 '존재한 것은 사라지지 않는다.' 영혼의 불멸을 믿었던 고티에의 환상 문학은 현실 너머의 세계를 시각적, 감각적으로 구현하며, 기억, 환상, 욕망을 통해 인간 존재의 불완전함과 영원의 가능성을 동시에 탐색한다. 현실과 환상을 연결하고 이야기 속 장면을 시각적, 감각적으로 구체화하며 도덕적, 윤리적인 메시지를 거의 찾아볼 수 없는 그의 작품들은 현실과 환상을 분리하고 주로 이상과 감정적 체험에 집중했던 순수 낭만주의와 결을 달리한다. 이처럼 특별한 위치에 서 있는 고티에는 시각과 상상, 기억과 환상을 체험하며 예술의 깊이를 음미해야 하는 작가이다.

우리에게는 고티에보다 더 기발하고 더 자극적인 창작물들이 널려 있다. 단순한 시간 때우기용으로 이 책을 집어 든다면, 뭔가 미진한 느낌이 들 수도 있을 것이다. 그러므로, 현대의 모든 오컬트를 잠시 잊고 19세기 프랑스로 떠나가자. 거기서 고티에의 몽환 세계를 새로운 눈으로 구경하자. 아마도 지금과는 다른 소중한 무언가가 우리의 눈을 시원하게 씻어줄 것이다.

2026년 3월
윤미연

주

1 독일 르네상스 시대에 회화, 판화, 과학적 관찰 등 여러 분야에서 혁신을 이뤄낸 인물. '멜랑콜리아'를 펼쳐 든 박쥐는 그의 가장 유명한 동판화 〈멜랑콜리아 I〉(1514)의 신비로운 오브제 중 하나다.

2 특히 17~18세기 유럽에서 귀족, 법률가, 의사, 관료 등이 사회적 지위나 신분을 나타내는 상징으로 착용했던 고전 가발 스타일 중 하나로, 옆머리 측면이 마치 망치 머리 부분처럼 튀어나오거나 말려 있다.

3 셰익스피어의 대표적인 낭만 희극 중 하나. 나바르의 왕과 세 귀족이 3년간 여성과의 만남을 피하고 학문에 전념하기로 맹세하지만, 프랑스 공주와 시녀들이 도착하자 이 맹세가 무너지는 과정을 그리고 있다.

4 이탈리아 르네상스 시대의 대표적인 조각가이자 금속 공예가인 벤베누토 첼리니가 만든 청동 조각상. 그리스 신화의 영웅 페르세우스가 메두사의 머리를 베어 손에 들고 있는 장면을 묘사하고 있다.

5 안토니오 카노바(1757~1822): 이탈리아의 대표적인 신고전주의 조각가. 그의 〈에로스와 프시케〉를 주제로 한 일련의 조각상들에 영감을 얻은 많은 조각가들이 같은 주제의 작품들을 탄생시켰다.

6 그리스 파로스 섬에서 나는 고품질의 대리석으로, 초미세 입자로 구성되어 순백색에 깔끔한 조형이 가능해서 고대부터 사랑받았으며 수많은 조각상의 소재로 쓰였다.

7 15세기 후반부터 16세기 르네상스 시기 베네치아를 중심으로 활동한 화가 집단. 색채와 빛의 표현을 중시했다.

8   19세기 초부터 중반까지 러시아 제국이 코카서스 지역
    을 정복하면서 러시아 제국과 코카서스 지역 민족들 사
    이에서 발생한 장기적인 전쟁.

9   이탈리아반도를 관통하는 긴 산맥으로 피렌체는 아펜
    니노산맥 북서부에 위치해 있다.

10 고대 그리스의 대리석 부조로, 원래 아테네 아크로폴
    리스의 아테나 니케 신전의 난간을 장식했던 조각의 일
    부였다.

11 금속(주로 은, 동, 강철)에 검은 색상의 합금·산화물로
    문양을 넣는 기법.

12 아담 미츠키에비치(1798~1855): 19세기 폴란드 낭만주
    의를 대표하는 시인.

13 협죽도과 박주가리아과의 다년생 초본 식물로 북미 원
    산이다. 자관백미꽃, 장미밀크위드, 늪밀크위드 등으로
    도 불린다.

14 테오도르 바롱(1840~1899): 19세기 벨기에 출신의 사실
    주의 풍경화가.

15 이맘 샤밀(1797~1871): 19세기 코카서스 지역에서 러시
    아 제국의 침공에 맞서 저항한 종교 지도자이자 군사
    지도자.

16 토마스 무어(1779~1852): 19세기 아일랜드 시인이자 작
    가. 주로 시, 노래 가사, 서정시, 낭만적인 사랑을 다룬
    작품들을 썼다. 그중 〈천사들의 사랑〉(1822)은 천사들
    이 인간의 딸들을 보고 사랑과 연정을 품는 전통적인
    주제를 다루고 있다.

17 지롤라모 카르다노(1501~1576): 이탈리아의 의사, 수학자, 철학자, 점성술사. 정신적·신비적 경험과 신체적 체험, 예언, 점성술, 정신적 영감, 트랜스 상태와 같은 경험들을 저서에서 언급했다.

18 토마스 아퀴나스(1225~1274): 중세 스콜라 철학의 대표적 신학자. 때때로 신과의 합일, 영적 환희 상태를 경험했다고 전해지며, 기도와 명상 중 심신이 일시적으로 세속적 현실을 벗어나 신적 진리에 몰입하는 상태를 '황홀경'이라고 표현했다.

19 힌두교에서 지상 세계로 강림한 신의 육체적 형태를 뜻하는 산스크리트어 '아바타라'에서 온 말이다.

20 아프리카의 주요 강 중 하나로, 에티오피아 고원의 타나 호수에서 발원하여 수단에서 백나일강과 합류한다.

21 19세기 프랑스 파리에서 유명했던 가면무도회 의상 대여점.

22 호프만 작품 속에 등장하는 의사들은 종종 기이하거나 익살스러운 행동을 보이며, 상상력으로 현실을 변형시키거나 장난스럽게 사건을 일으키고, 예상치 못한 방식으로 상황을 바꾸는 능력이 있다.

23 카노바의 조각에서 영감을 받은 체사레 라피나의 조각상을 말함.

24 르네상스 시대의 베네치아 화파들. 선보다는 빛과 풍부한 색채를 중시하며 화려한 배경과 동방 문화의 영향을 받은 현실적 요소를 담았다.

25 16~17세기 유럽에서 유행한 느린 3박자의 무도곡.

26 호프만의 환상 소설집에 포함된 단편소설 제목. 연말
과 새해를 배경으로 한 환상적이고 괴기적인 단편으
로, 샤미소의 소설 〈페터 슐레밀의 신기한 이야기〉에
대한 오마주 또는 변형된 이야기.

27 앤 래드클리프(1764~1823): 영국 고딕 소설의 대표 작
가로, 공포와 신비, 미스터리를 결합한 작품을 주로 썼
다. 그녀의 소설 〈이탈리아 사람〉(1797)에서 주인공 엘
리자베스는 한 성에서 음산한 그림자와 이상한 발소리
를 듣고 순간적으로 악마나 유령이 나타난 것으로 착
각하지만, 실제로는 허수아비를 이용한 사람들의 농간
인 것으로 밝혀진다.

28 페르디낭 바르브디엔(1810~1892): 19세기 프랑스의 유
명한 청동 주조업자이자 조각제작자.

29 장 이폴리트 플랑드랭(1809~1864): 프랑스의 저명한
신고전주의 화가. 기념비적인 종교화 외에도 뛰어난
초상화가로 명성을 떨쳤으며, 나폴레옹 3세의 초상화
를 포함해 상류층 인사들의 초상화를 많이 그렸다.

30 단테의《신곡》중 〈지옥 편〉에서 지옥문 입구에 새겨진
비문 중 한 구절 "여기 들어오는 너희는 모든 희망을 버
릴지어다"라는, 지옥에 들어오는 영혼에게 절망을 선
언하는 말을 인용한 것.

31 카를 마리아 폰 베버(1786~1826): 독일의 낭만파 작곡가,
오페라 〈마탄의 사수〉로 독일 낭만파의 문을 열었다.

32 13세기 초 실존했던 전설적인 음유시인 하인리히 폰 오
프터딩엔을 소재로 한, 노발리스의 미완성 작품으로 흔
히《푸른 꽃》이라는 제목으로도 알려져 있다.

환상과 마법 05

아바타

초판 1쇄 발행 2026년 4월 10일

지은이 테오필 고티에
옮긴이 윤미연
펴낸이 이혜경
기획·관리 김혜림
편집 변묘정, 박은서
디자인 이소정
마케팅 양예린

펴낸곳 니케북스
출판등록 2014년 4월 7일 제300-2014-102호
주소 서울시 종로구 새문안로 92 광화문 오피시아 1717호
전화 (02) 735-9515
팩스 (02) 6499-9518
전자우편 nikebooksnaver.com
블로그 blog.naver.com/nikebooks
페이스북 facebook.com/nikebooks
인스타그램 (니케북스) nike_books
           (니케주니어) nikebooks_junior

ⓒ 니케북스 2026

ISBN 979-11-94706-33-5 02860

윤미연
부산대학교 불어불문학과와 동 대학원을 졸업하고 프랑스 캉대학교에서
공부한 뒤 전문번역가로 활동하고 있다. 《어린 왕자》, 《정념과 미덕》, 《구해
줘》, 《허기의 간주곡》, 《라가-보이지 않는 대륙에 가까이 다가가기》, 《어느
완벽한 2개 국어 사용자의 죽음》, 《세상에서 가장 작은 동물원》, 《첫 문장
못 쓰는 남자》, 《나쁜 것들》, 《파문》, 《우리는 함께 늙어갈 것이다》, 《마지막
숨결》, 《사랑을 막을 수는 없다》, 《은밀하게 나를 사랑한 남자》 등을 한국
어로 옮겼다.